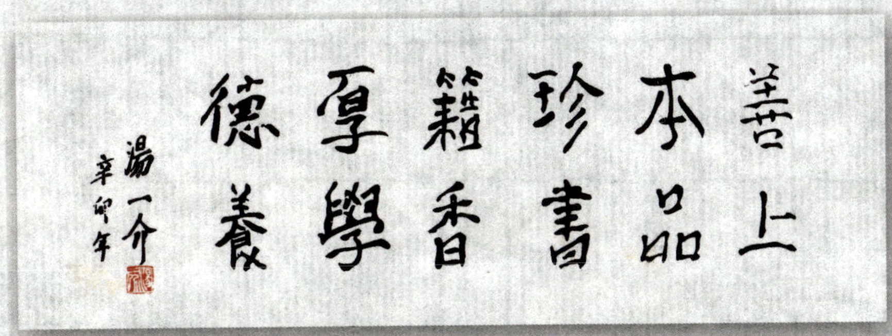

著名学者、北京大学资深教授 汤一介题

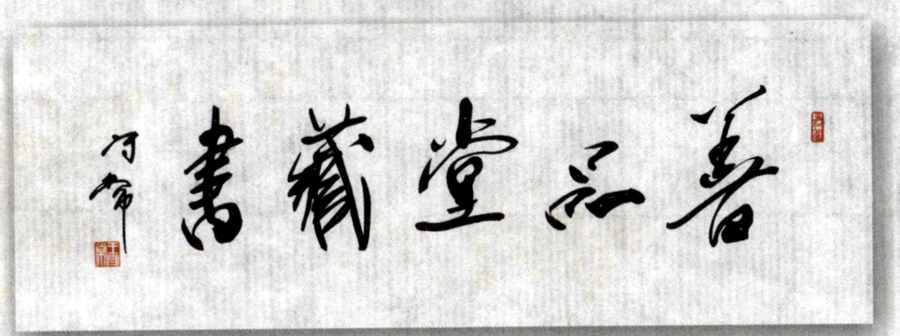

中国文化书院院长、北京大学教授 王守常题

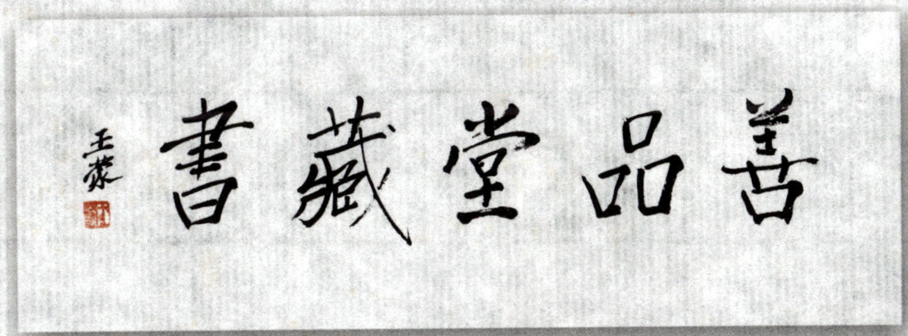

著名作家、文化部原部长 王蒙题

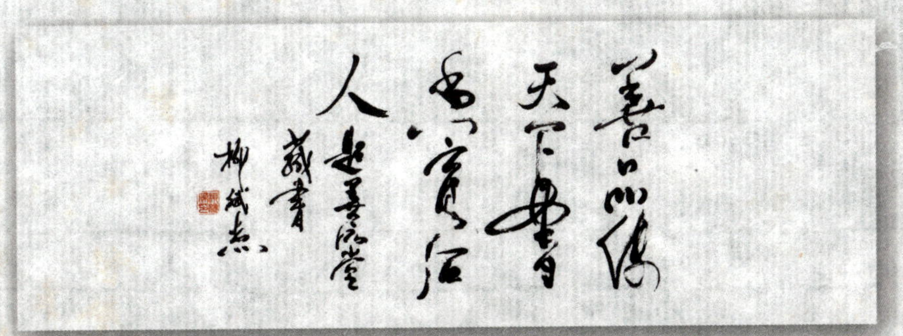

国家新闻出版总署原署长 柳斌杰题

善品堂藏書・熊伯齊・篆

图书在版编目(CIP)数据

《菜根谭》精注精译精评 / (明)洪应明编;申维注译评. —北京:线装书局,2014.8
(国学精注精译精评文库 / 王守常主编)
ISBN 978-7-5120-1479-4

Ⅰ.①菜… Ⅱ.①洪… ②申… Ⅲ.①个人—修养—中国—明代②《菜根谭》—研究 Ⅳ.①B825

中国版本图书馆 CIP 数据核字(2014)第 165591 号

《菜根谭》精注精译精评

编　　者　(明)洪应明
注译评者　申维
责任编辑　肖玉平
策　　划　善品堂藏书
出版发行　线装书局
　地　址　北京市西城区鼓楼西大街四一号
　邮　编　一〇〇〇〇九
　电　话　六四〇四五二八三
　网　址　www.xzhbc.com
印　　刷　北京市宏泰印刷有限公司
字　　数　九八千字
印　　张　七一点七五
版　　次　二〇一四年八月第一版第一次印刷
印　　数　一〇〇〇套
定　　价　七六〇元(一函三册)

ISBN 978-7-5120-1479-4

国学精注精译精评文库

菜根谭

精注精译精评

(明)洪应明 编
申维 注译评

线装书局

菜根谭

精注精译精评

一二

申维简介

申维，1964年生，江苏扬州人。中国作家协会会员，中国微电影研究院研究员，扬州职业大学副教授，文化研究所所长。主要作品有：长篇小说《我们的那个年代》《狼狈不堪的生活》《爱情乞丐》《一场风花雪月的梦》《北京私秘》等，中短篇小说《第六代》《红旗大队》《东方红小学》《碰撞》等。其中，《我们的那个年代》获五个一工程奖，《第六代》获首届『北京文学』奖等。编剧：电视连续剧《扬州美女》《王阳明传奇》，电影《凤凰》《灭口》等。

《国学精注精译精评文库》总序

三十年来改革开放，经济的发展，物质财富的快速增长，使越来越多的中国人开始了小康生活。然而，建设中华民族共有的精神家园的任务越来越紧迫，一个古老的人生哲学命题又显现在人们的面前：我从哪里来？到哪里去？如何生活才能幸福？

这是一个人生观和宇宙观问题，也是中华民族在其文化历史进程中的规范认同问题。如『仁者爱人』、『天下为公』、『吾日三省吾身』、『德不孤必有邻』、『言必信，行必果』等观念都是中国人注重修养人格的价值来源。基本道德规范是支撑一个社会发展的重要基础。中华民族的一个重要传统就是重视基本道德规范与基本道德秩序，这是当今社会重构价值观念的资源。中华民族在其数千年生活中也融会其他民族智慧并向人类社会提供了有益的价值观念，如『己所不欲，勿施于人』已成为当今世界文明对话的伦理基础。

中华民族数千年来生生不息的精神追求所铸造的思维方法与价值观念是当代中国发展的资源。历史的昭示：一个民族文化的成长，要大胆向外族文化学习的同时不要忘记本民族的历史文化。『返本开新』应该是我们的文化战略选择。

中华民族几千年璀璨的文明史，积淀了许多为历代中国人所尊崇的奇葩瑰宝。《周易》《老子》《孙子》《论语》《大学》《中庸》《孟子》《楚辞》《坛经》《颜氏家训》《阴符经》《贞观政要》《通书》《近思录》《弟子规》《三字经》《忍经》《菜根谭》《曾国藩家书》等国学经典，都从不同的高度、角度告诉我们应该如何为人、做事，『志士不饮盗泉之水』、『廉者不受嗟来之食』、『与人为善』、『与物为春』、『以人为本』、『助人为乐』、『扶贫济困』等训诫构成了中华传统美德博大精深的完备系统。这些传世文献是弘扬中华民族精神、建设中国人共有的精神家园的珍贵文献。

时下，中国社会出现『国学热』，各种讲国学常识和名家讲国学的读物不难找到。但是，审视历代留下各类注本难易参差，亦有注疏错误，尤其新近翻刻出版的国学书籍还无法满足读者的要求，注译精良、讲解恰当而适合社会各界人士学习的国学精注精译精评类书籍又少之又少。为了适应这一需要，在『善品堂藏书』创始人何德益先生的倡导下，线装书局联合『善品堂藏书』，编辑出版了此套线装本《国学精注精译精评文库》。

《国学精注精译精评文库》由我担任主编，著名学者、北京大学资深教授汤一介先生担任总顾问，中国文化书院学术总支持。首期出版中央党校教授任俊华先生评点的七种著作，还将陆续推出海内外重要学者的最新评点著作。

因此，这套书祈望质量上乘，集学术性、普及性和收藏性于一体，雅俗共赏，为助力弘扬中华传统文化贡献绵薄之力。希望该文库对有缘人能有所启迪和帮助。是为序。

王守常

（中国文化书院院长、北京大学教授）

二〇一四年元月

菜根谭 精注 精译 精评

前言

《菜根谭》是明朝万历年间洪应明编写的一本语录体著作。以心学、禅学为核心，博采儒、佛、道三教之精髓，融道德修养、处世哲学、生活艺术于一炉，给人以深刻启迪。在日本，早在明治维新前后就出现了几种版本，成为企业界『人人关心、爱读的书籍』。在国内，争读《菜根谭》的热潮同样至今不衰。正如毛泽东读后所感慨的那样：『咬得菜根者，百事可做！』

本书没有严密的逻辑联系，完全是信笔拈来，侃侃而谈。其间有持身语，有涉世语，有隐逸语，有显达语，有迁善语，有介节语，有仁语，有义语，有禅语，有趣语，有学道语，有见道语。全部322则，文辞秀美，对仗工整，含义深邃，耐人寻味，如有熟读深玩，可以补过，可以进德，可以入道。现在按照内容分为处世篇、修身篇、齐家篇、蒙养篇、闲适篇五部分重新排列，并分节加以注释、今译、点评，以方便读者。

目录

序一……一
序二……三
序三……六
处世篇……一
一、与其练达，不若朴鲁……一
二、机巧不用，泥污不染……三
三、心地光明，才华韫藏……四
四、和气致祥，天人一理……六
五、闲时吃紧，忙里犹闲……七
六、快意回首，拂心莫停……九
七、放宽心胸，流泽后世……一〇
八、路留一步，味让三分……一二
九、侠义交友，素心做人……一三
一〇、以退为进，以舍为得……一四
一一、矜者失功，悔者消罪……一六
一二、让名远害，引咎养德……一七
一三、天道忌盈，功不求满……一九
一四、责毋过严，教毋过高……二〇
一五、无过即功，无怨即德……二二
一六、忧勤毋过，为人毋枯……二三

菜根谭

精注 精译 精评

一七、世路崎岖，须知退让……二五
一八、不恶小人，礼待君子……二七
一九、立身要高，处世须让……二八
二〇、方圆处世，宽严待人……三一
二一、忘怨忘过，念恩念功……三三
二二、施毋求报，求者无功……三五
二三、谦虚受益，满盈招损……三七
二四、阴恶恶大，显善善小……三八
二五、多喜养福，去杀远祸……四〇
二六、宁默毋躁，宁拙毋巧……四一
二七、杀气寒薄，和气福厚……四三

二八、厚德载物，雅量容人……四五
二九、未雨绸缪，有备无患……四六
三〇、多种功德，毋贪权位……四八
三一、不怕小人，怕伪君子……五〇
三二、操履不变，锋芒毋露……五一
三三、克己复礼，天下归仁……五三
三四、事留余地，后无殃悔……五四
三五、直躬人忌，无恶人毁……五六
三六、爱重成仇，薄极成喜……五七
三七、藏巧于拙，寓清于浊……五九
三八、毋攻人短，毋疾人顽……六一

三九、阴者毋交，傲者少言……六三
四〇、莫疏于虑，毋伤于察……六四
四一、亲善防谗，除恶守密……六六
四二、不夸妍洁，谁能丑辱……六八
四三、富多炎凉，亲多妒忌……六九
四四、阴恶祸深，阳善功小……七一
四五、警世救人，功德无量……七二
四六、趋炎附势，人情之常……七四
四七、冷眼观物，轻动刚肠……七五
四八、一念一行，都宜慎重……七七
四九、谨慎至微，恩施不报……七八

菜根谭 精注 精译 精评

五〇、春风育物，朔雪杀生……八〇
五一、厚待故交，礼遇衰朽……八一
五二、君子立德，小人图利……八三
五三、律己宜严，待人宜宽……八五
五四、慈悲之心，生生之机……八六
五五、因人感化，陶冶天下……八八
五六、庸德庸行，和平之基……八九
五七、勿仇小人，勿媚君子……九一
五八、金须百炼，矢不轻发……九二
五九、斥小人媚，愿君子责……九四
六〇、好利害显，好名害隐……九五

六一、忘恩报怨，刻薄之尤……九七
六二、谗言自明，媚阿侵肌……九八
六三、圆通立功，执拗偾事……一〇〇
六四、处世要道，不即不离……一〇一
六五、过俭则吝，过让则卑……一〇二
六六、喜忧安危，勿介于心……一〇五
六七、量宽福厚，器小禄薄……一〇六
六八、急处站稳，险地回首……一〇七
六九、节义济和，功名以德……一〇九
七〇、事上敬谨，待下宽仁……一一〇
七一、勿逞己长，勿恃所有……一一二
七二、忧喜取舍，形气用事……一一四
七三、自适其性，宜若平民……一一六
七四、机神触事，应物而发……一一九
七五、非分收获，陷溺根源……一二一
七六、满腔和气，随地春风……一二三
修身篇……一二四
七七、弄权一时，凄凉万古……一二四
七八、淡中知味，常里识英……一二六
七九、静中观心，真妄毕见……一二八
八〇、澹泊明志，肥甘丧节……一二九
八一、德在人先，利居人后……一三二

菜根谭

精注 精译 精评

八二、动静合宜，道之真体……………………一三四
八三、降伏客气，消杀妄心……………………一三六
八四、志在林泉，胸怀廊庙……………………一三八
八五、富多施舍，智不炫耀……………………一三九
八六、偏见害人，聪明障道……………………一四一
八七、伸张正气，留下清名……………………一四二
八八、伏魔自心，驭横平气……………………一四四
八九、欲路毋染，理路毋退……………………一四六
九十、不落浓艳，不陷枯寂……………………一四七
九一、真伪之道，只在一念……………………一四九
九二、君子无祸，勿罪冥冥……………………一五一

九三、相观对治，方便法门……………………一五三
九四、名誉富贵，来自道德……………………一五五
九五、拔去名根，融去客气……………………一五七
九六、心地光明，念勿暗昧……………………一五九
九七、勿羡贵显，勿虑饥饿……………………一六〇
九八、正气路广，情欲道狭……………………一六一
九九、病未足羞，无病吾忧……………………一六三
一〇〇、心公不昧，外贼无踪……………………一六五
一〇一、品质修养，切忌偏颇……………………一六七
一〇二、临崖勒马，起死回生……………………一六九
一〇三、宁静淡泊，观心之道……………………一七〇

一〇四、动中静真，苦中乐真……………一七二
一〇五、舍己毋疑，施恩不报……………一七三
一〇六、天机最神，智巧何为……………一七五
一〇七、田看收成，人重晚晴……………一七七
一〇八、顺不足喜，逆不足忧……………一七九
一〇九、恣势弄权，自取灭亡……………一八〇
一一〇、人心一真，金石可镂……………一八二
一一一、至文恰好，真人本然……………一八四
一一二、忠恕待人，养德远害……………一八六
一一三、德怨两忘，恩仇俱泯……………一八七
一一四、勿犯公论，勿谄权门……………一八九

菜根谭

精注精译精评

一一五、放下屠刀，立地成佛……………一九〇
一一六、毋偏人言，不持己长……………一九二
一一七、君子之心，雨天过晴……………一九四
一一八、有识有力，私魔无踪……………一九六
一一九、大量能容，不动声色……………一九七
一二〇、困苦穷乏，锻炼身心……………一九八
一二一、天地缩图，人之父母……………二〇〇
一二二、量弘识高，功德日进……………二〇二
一二三、人心惟危，道心惟微……………二〇四
一二四、诸恶莫作，众善奉行……………二〇六
一二五、云去月现，尘拂镜明……………二〇八

一二六、不能养德，终归末节……二〇九
一二七、修身种德，事业之基……二一一
一二八、善根暗长，恶损潜消……二一二
一二九、学贵有恒，道在悟真……二一三
一三〇、为奇不异，求清不激……二一四
一三一、心虚意净，明心见性……二一六
一三二、天体心体，不一不异……二一七
一三三、浑然和气，立身之宝……二二〇
一三四、和气祥瑞，寸心洁白……二二二
一三五、心体莹然，不失本真……二二三
一三六、清浊并包，善恶兼容……二二五
一三七、疾病易医，魔障难除……二二六
一三八、行戒高绝，性忌褊急……二二八
一三九、过满则溢，过刚则折……二三〇
一四〇、责人宜宽，责己宜苛……二三二
一四一、不忧患难，不畏权豪……二三三
一四二、静中真境，淡中本然……二三四
一四三、静现本体，水清影明……二三六
一四四、极端空寂，过犹不及……二三七
一四五、栽花种竹，心境无我……二三九
一四六、消些幻业，增长道心……二四一
一四七、涉世出世，尽心了心……二四三

菜根谭

精注 精译 精评

一四八、云中世界，静里乾坤……二四四
一四九、像由心生，像随心灭……二四五
一五〇、梦幻空华，真如之月……二四八
一五一、烦恼因我，嗜好由心……二四九
一五二、以失意思，制伏意念……二五一
一五三、世态变化，万事达观……二五二
一五四、流水落花，心中常静……二五四
一五五、心地平静，青山绿水……二五六
一五六、处世忘世，超物乐天……二五七
一五七、求心内佛，做了道人……二五九
一五八、彻见真性，自达圣境……二六一

一五九、在世出世，真空不空……二六三
一六〇、欲望尊卑，贪争无二……二六五
一六一、彻见自性，不必谈禅……二六七
一六二、操持身心，收放自如……二六九
一六三、自然人心，融和一体……二七一
一六四、形影皆去，心境皆空……二七二
一六五、本真即佛，何待观心……二七四
一六六、勿待兴尽，适可而止……二七五
一六七、修行绝尘，悟道涉俗……二七七
一六八、人我一视，动静两忘……二七九
一六九、山居潇洒，入都俗气……二八一

一七〇、祸福苦乐，一念之差……二八三
一七一、机息心清，月到风来……二八五
一七二、万钟一发，决于一心……二八七
一七三、以我转物，物勿役我……二八八
一七四、就身了身，以物付物……二八九
一七五、处处真境，物物真机……二九一
一七六、风迹月影，过而不留……二九三
一七七、世间皆乐，苦自心生……二九四
一七八、体任自然，不染世法……二九六
一七九、减繁增静，安乐之基……二九八
一八〇、口耳嗜欲，但求真趣……三〇〇
齐家篇……三〇二
一八一、良药苦口，忠言逆耳……三〇二
一八二、净从秽生，明从暗出……三〇四
一八三、事悟痴除，性定动端……三〇六
一八四、原其初心，观其末路……三〇七
一八五、居安思危，处乱思治……三〇九
一八六、放得心下，入圣超凡……三一一
一八七、人定胜天，为圣为贤……三一二
一八八、有木石心，具云水趣……三一四
一八九、吉人安详，恶人狠戾……三一六
一九〇、多心招祸，少事为福……三一八

一九一、崇俭养德，守拙全真……三一九
一九二、苦中有乐，乐中有苦……三二一
一九三、人死留名，豹死留皮……三二二
一九四、真廉无名，大巧若拙……三二四
一九五、居安思危，人定胜天……三二五
一九六、中和为福，偏激为灾……三二七
一九七、一念贪私，万劫不复……三二九
一九八、保已成业，防未来非……三三〇
一九九、不著色相，不留声影……三三二
二〇〇、君子德行，其道中庸……三三三
二〇一、穷愁寥落，勿失风雅……三三五

二〇二、既要破假，又要识真……三三六
二〇三、持身勿轻，用意勿重……三三八
二〇四、光阴迅速，不可虚度……三四〇
二〇五、持盈保泰，君子兢兢……三四二
二〇六、却私扶公，修身种德……三四三
二〇七、大处着眼，小处着手……三四五
二〇八、盛极必衰，居安虑患……三四六
二〇九、喜异乏识，苦节无恒……三四八
二一〇、震聋发聩，保持清醒……三五〇
二一一、辨别是非，认识大体……三五一
二一二、暗室磨练，临深履薄……三五二

二一三、分清功过，勿显恩仇……三五四
二一四、位盛危至，德高谤兴……三五六
二一五、以德御才，德主才奴……三五七
二一六、锄奸杜幸，穷寇勿追……三五九
二一七、共经患难，不共安乐……三六〇
二一八、功名一时，气节千载……三六一
二一九、自然造化，智巧不及……三六三
二二〇、真诚为人，圆活处世……三六五
二二一、躁急招损，操切难化……三六六
二二二、见素抱朴，趋善向德……三六八
二二三、勿昧宝藏，勿自虚夸……三六九
二二四、宁可信人，不可疑人……三七一
二二五、恩威并用，渐入佳境……三七三
二二六、识透人情，超然物外……三七四
二二七、惺惺寂寂，互相调剂……三七六
二二八、置身事中，超然物外……三七七
二二九、操守要严，态度要和……三七九
二三〇、世道坎坷，耐心撑持……三八〇
二三一、忙里偷闲，闹中取静……三八二
二三二、尽心知性，并立天地……三八四
二三三、处富怜贫，居安思危……三八五
二三四、老当益壮，大器晚成……三八六

二三五、藏才隐智，任重致远……三八八
二三六、名位声华，不可贪恋……三八九
二三七、苦乐观点，高下有别……三九一
二三八、冷静观人，理智处世……三九二
二三九、恶不即就，善不即亲……三九三
二四〇、性躁无功，平和徽福……三九五
二四一、用人忌刻，交友忌滥……三九六
二四二、居官居乡，仪范不同……三九七
二四三、善择参照，巧调心态……三九九
二四四、言而有信，恒心如一……四〇〇
二四五、下愚可教，中才难与……四〇一

二四六、守口如瓶，防意如贼……四〇三
二四七、无有了时，得休便休……四〇四
二四八、知足常乐，善用因缘……四〇六
二四九、退步宽平，清淡悠久……四〇八
二五〇、居安思危，处进思退……四〇九
二五一、静明躁昏，静为躁君……四一〇
二五二、热中须冷，冷处须热……四一二
二五三、素位风光，安乐窝巢……四一三
二五四、天地大美，闲中静观……四一五
二五五、见微知著，守正待时……四一六
二五六、不住即佛，不可压念……四一八

二五七、心无取舍，道眼常明……四一九
二五八、了心悟性，俗即是僧……四二一
二五九、拙本巧末，大巧若拙……四二三
二六〇、以我转物，逍遥自在……四二四
二六一、卓智多人，洞烛机先……四二六
二六二、学道力索，得道无为……四二七
二六三、生气常存，天地之心……四二九
二六四、忙闲结合，张弛有度……四三一
二六五、顺逆齐观，欣戚两忘……四三二
二六六、花看半开，履盈者戒……四三四
二六七、根蒂在手，超凡入圣……四三五
二六八、身在事中，心超事外……四三七
二六九、素位而行，随遇而安……四三八
蒙养篇……四四〇
二七〇、摆脱俗情，超凡入圣……四四〇
二七一、读书修德，心无旁骛……四四一
二七二、恶人读书，适以济恶……四四三
二七三、希贤希圣，努力躬行……四四五
二七四、扫除外物，直觅本来……四四六
二七五、读易松间，谈经竹下……四四八
二七六、守正安分，远祸之道……四四九
二七七、闲云为友，风月为家……四五〇

二七八、修养定静，临变不乱……四五一
二七九、隐无荣辱，道无炎凉……四五三
二八〇、除去恼热，身心安乐……四五四
二八一、贪富亦贫，知足安贫……四五六
二八二、隐者高明，省事平安……四五八
二八三、超越喧寂，悠然自适……四五九
二八四、得道无系，静躁无干……四六一
二八五、浓处味短，淡中趣长……四六二
二八六、动静合宜，出入无碍……四六四
二八七、心有系恋，便无仙乡……四六五
二八八、卧云弄月，绝俗超尘……四六七

二八九、俗不及雅，淡反胜浓……四六九
二九〇、身放闲处，心在静中……四七一
二九一、不希荣达，不畏权势……四七二
闲适篇……四七四
二九二、圣境之下，调心养神……四七四
二九三、繁华之春，不若秋实……四七六
二九四、来去自如，融通自在……四七七
二九五、欲动念邪，心虚念正……四七九
二九六、富者多忧，贵者多险……四八〇
二九七、人为乏趣，天机自然……四八一
二九八、物我两忘，乾坤自在……四八三

二九九、生死成败，一任自然……四八五
三〇〇、猛兽易伏，人心难制……四八六
三〇一、人生无常，胜迹安在……四八八
三〇二、宠辱不惊，去留无意……四八九
三〇三、苦海无边，回头是岸……四九一
三〇四、冷眼视事，如汤消雪……四九二
三〇五、心月开朗，水月无碍……四九四
三〇六、森罗万象，梦幻泡影……四九五
三〇七、毁誉褒贬，一任世情……四九七
三〇八、大美不雕，人贵自然……四九八
三〇九、心有真境，绝虑忘忧……五〇〇

三一〇、真不离幻，雅不离俗……五〇二
三一一、布被蔬淡，颐养天和……五〇四
三一二、断绝思虑，一真自得……五〇五
三一三、任其自然，万事安乐……五〇七
三一四、思及生死，万念灰冷……五〇九
三一五、雌雄研丑，俄而何在……五一一
三一六、自然真趣，闲静可得……五一二
三一七、天全欲淡，虽凡亦仙……五一四
三一八、人我合一，云留鸟伴……五一六
三一九、雨后观山，静夜听钟……五一七
三二〇、观物有得，勿徒留连……五一九

序一

逐客孤踪，屏居蓬舍，乐与方以内人游，不乐与方以外人游也，乐与二三小子浪迹于云山变幻之麓也。日与渔父、田夫朗吟唱和于五湖之滨、绿野之坳，不日与竞刀锥、荣升斗者交臂抒情于冷热之场、腥膻之窟也。间有习濂、洛之说者牧之，习竺乾之业者辟之，为潭天、雕龙之辩者远之，此足以毕予山中伎俩矣。适有友人洪自诚者，持《菜根谭》示予，且丐予序，予始视之耳。既而乇几上之陈编，屏胸中杂虑，手读之，则觉其谭性命直入玄微，道人情曲尽岩险。俯仰天地，见胸次之夷犹；尘芥功名，知识趣之高远。笔底陶铸，无非绿树青山；口吻化工，

尽是鸢飞鱼跃。此其自得何如，固未能深信，而据所擒词，悉砭世醒空之吃紧，非入耳出口之浮华也。谭以『菜根』名，固自清苦历练中来，亦自栽培灌溉里得，其颠风波，备尝险险可想矣。洪子曰：『天劳我以形，吾逸吾心以补天；天厄我以遇，吾高吾道以通之。』其所自警自力者，又可思矣。由是以数语弁之，俾诸公人人知菜根中有真味也。

（此序为洪自诚好友于孔兼所作。于氏明金坛人，字元时，万历年间进士，官至礼部仪制郎中，后因直言极谏而遭贬迁。晚年自号『三峰主人』。罢官田里后隐居二十年）

序二

戊子之秋，七月既望，余以抱病在山，禁足阅藏。适岫云监院琮公由京来顾，出所刻《菜根谭》书，命余为序。且自言其略曰：

『来琳初受近圆，即诣西方讲席，听教于不翁老人。参请之暇，老人私诫曰：「大德聪明过人，应久在律席，调伏身心，遵五夏之制，熟三聚之文，为菩提之本，作定慧之基，何急急以听教为哉？」居未几，不善用心，失血莫医。自知法缘微薄，辞翁欲还岫云。翁曰：「善！察尔因缘在彼，当大有振作。但恐心为事役，不暇研究律部。吾有一书，首题『菜根谭』，系洪应明著。其间有持身语，有涉世语，有隐逸语，有显达语，有迁善语，有介节语，有仁语，有义语，有禅语，有趣语，有学道语，有见道语：词约意明，文简理诣。设能熟习沈玩而励行之，其于语默动静之间，穷通得失之际，可以补过，可以进德，且近于律，亦近于道矣。今授于尔，宜知珍重！」

『时虽敬诺拜受，究竟不喻其为药石意也。厥后历理常住事务，俱忝要职。当空花之在前，不识原由眼里之翳；认水月以为真，岂知惟是天垂之影。由是心被境迁，神为力耗，不觉酿成大病，幸未及于尽耳！既微瘥间，无以解郁，因追忆往事，三复此书，乃悟从前事事皆非，深有负于老人授书时之意焉！惜是书行世已久，纸朽虫蠹，原板无从稽得。于是命工缮写，重付刊刻，请弁言于首，启迪天下后世，俾见闻读诵者身体力行，勿使如来琳老方知悔，徒自惭伤，是所望也！』

一余闻琮公之说，抚卷叹曰：『夫洪应明者，不知为何许人，其首命名题，又不知何所取义，将安序哉？』窃拟之曰：菜之为物，日用所不可少，以其有味也。但味由根发，故凡种菜者，必要厚培其根，其味乃厚。是此书所说世味及出世味，皆为培根之论，可弗重欤？又古人云：『性定菜根香。』夫菜根，弃物也，如此书人多忽之，而菜根之香，非性定者莫喻。如此书。唯静心沈玩者，乃能得旨。是与，否与？既不能反质于原人，聊将以俟教于来哲！即此为序。

时乾隆三十三年，中元节后三日，三山病夫通理谨识

序三

余过古刹，于残经败纸中拾得《菜根谭》一录。翻视之，虽属禅宗，然于身心性命之学，实有隐隐相发明者。亟携归，重加校雠，缮写成帙。旧有序，文不雅驯，且于是书无关涉语，故芟之。著是书者为洪应明，究不知其为何许人也。

乾隆五十九年二月二日，遂初堂主人识

一、与其练达，不若朴鲁

涉世①浅，点染②亦浅；历事深，机械③亦深。故君子与其练达④，不若朴鲁⑤；与其曲谨⑥，不若疏狂⑦。

注释

①涉世：经历世事。

②点染：沾染、玷污。

③机械：原指利用力学原理构成的装置，此处比喻人的变诈机巧。

④练达：熟练通达。

⑤朴鲁：憨厚老实。

⑥曲谨：谨小慎微。

⑦疏狂：放荡不羁，不拘小节。

译文

刚踏入社会的人阅历很浅，所以沾染的不良习气较少；经历世事多的人，心机也随着加深。所以君子与其圆滑，不如保持淳朴；与其事事小心，委曲求全，不如豁达狂放。

评点

社会生活既能锻炼人、成就人，也可能污染人、损害人。人生的经历给我们留下的既可能是智慧，也可能是垃圾。真正有价值的东西不是权势名利，不是外在的成功，而是美好的精神追求和高尚的道德情操。当今有人对其社会经历的总结，无非丛林法则、王霸之术，甚至是厚黑学，而他们还要把这种经验传播给充满朝气的青年，这是现在的年轻人应该特别小心的。

二、机巧不用，泥污不染

势利①纷华，不近者为洁，近之而不染者尤洁；机械智巧②，不知者为高，知之而不用者为尤高。

注释

①势利：权势和利益。

②机械智巧：心计权谋。

译文

权利和财富使人眼花缭乱，不接近的人清白，接近了而不受其污染的人尤其清白；机巧权谋，不知道的人高洁，知道了却不使用的人尤其高洁。

评点

那些因为怕玷污自己而远远地避开世俗的人，虽然保持了高洁，但也废弃了事功，还是有执着，又具有『出污泥而不染，濯清涟而不妖』的人，才达到浑化自然，无执无失的境界。

三、心地光明，才华韫藏

君子之心事，天青日白，不可使人不知；君子之才华①，玉韫珠藏②，不可使人易知。

王霸之术，甚至是厚黑学，而后还要在这种纷繁复杂的官场中

的青年，这是现在的年轻人应该把握的心态。

二、机巧不用，泥不染

势利①纷华，不近者为洁，近之而不染者尤洁；

机械智巧②，不知者为高，知之而不用者为尤高。

注释

① 势利：权势和利益。

② 机械智巧：心计权谋。

译文

权利和财富使人眼花缭乱，不接近的人清白，接近了而不受其

污染的人尤其清白；机巧权谋，不知道的人高洁，知道了却不使用的人尤

其高洁。

点评

那些因为[illegible]的人，[illegible]

高洁。但也[illegible]，[illegible]，又具有『出污泥而不染，濯

清涟而不妖』的人，这才到了自然，[illegible]的境界。

三、心地光明，才华韫藏

君子之心事，天青日白，不可使人不知；君子之才

华①，玉韫珠藏②，不可使人易知。

注释

①才华：指表露于外的才能。

②玉韫珠藏：像对宝玉珍珠一样珍藏。

译文

君子的心事像青天白日一样光明磊落，不可以不让人知道；君子的才华要像珍藏的珠宝一样，不可以轻易让人知道。

评点

君子的心事不使人知道，是为了避免别人的误解。君子的才华不轻易使人知道，是为了免遭妒忌。『木秀于林，风必摧之；行高于人，众必非之。』美好的品德和出众的才华并不只会带来赞赏，也会惹来灾祸的。

四、和气致祥，天人一理

疾风怒雨，禽鸟戚戚①；霁日风光②，草木欣欣③。可见天地不可一日无和气，人心不可一日无喜神④。

注释

①戚戚：忧愁而惶惶不安。

②霁日风光：天气晴朗，风和日丽。

③欣欣：草木茂盛貌。

④喜神：愉快的心情。

译文

在狂风暴雨的时候，飞禽也会感到忧虑不安；在晴空万里的日子，草木也会欣欣向荣。由此可见，天地间不可以有一天没有祥和之气，人心中不可以有一天没有欢欣之情。

评点

丛林法则，物竞天择，适者生存，弱肉强食，优胜劣汰，人类对生存空间的争夺，人的欲望无限的扩张，如同疾风怒雨，禽鸟也为之戚戚。人与自然道理相通，都以和为贵。心安即故乡，心安气和才谈得到快乐和幸福。

五、闲时吃紧①，忙里犹闲

天地寂然②不动，而气机③无息稍停；日月昼夜奔驰，而贞明④万古不易。故君子闲时要有吃紧的心思，忙处要有悠闲的趣味。

注释

①吃紧：紧要。

②寂然：宁静的意思。

③气机：天地有规律运行的自然机能。

④贞明：光辉永照。

译文

天地在寂静无声、丝毫不动的时候，活动气机并没有一刻停息。日月昼夜旋转，而它们的光明却永恒不变。所以君子在闲暇时要有抓紧的心思，在忙碌时要抽出时间，享受悠闲的乐趣。

评点

『闲时要有吃紧的心思』，是效法天地的静中之动；『忙处要有悠闲的趣味』，是效法日月的动中之静。这样，充实的生活和悠闲的趣味就可以同时享受了。

六、快意回首，拂心莫停

恩里①由来生害，故快意②时须早回首；败后或反成功，故拂心③处莫便放手。

注释

①恩里：恩惠，蒙受好处。

②快意：得意，心情舒畅。

③拂心：违背心愿。

译文

恩德中从来会招来祸患，所以志得意满时应该及早回头；遭受失败后反而会使人走向成功，因此不如意时千万别就此罢手。

评点

天道循环，无平不陂，无往不复，日中则昃，月盈则亏，所以宠不可恃，乐不可极，而在逆境中则要坚持到底。人生充满了辩证法，在得意和拂心时，都要保持清醒的头脑。

七、放宽心胸，流泽后世

面前的田地①要放得宽，使人无不平之叹②；身后的惠泽要流得久，使人有不匮③之思。

注释

①田地：指心田，心胸。

②不平之叹：因不平之感而发出的感慨或怨言。

③匮：缺乏。

译文

处理眼前事务时，心胸要放宽，使人不会有不平的牢骚；死后的恩泽要延续得久远，使人有不会减少的感觉。

评点

这是一种价值比较：眼前利益和长远利益、个人利益和公共利益。一般人只顾眼前利益和个人利益，而难以顾及的是长远利益与公共利益。调节好这两种利益间的矛盾，关键是要目光远大，心胸宽广。

八、路留一步，味让三分

路径①窄处，留一步与人行；滋味浓时，减三分让人尝。此是涉世一极乐法。

注释

①路径：小路。

译文

走在狭窄的路上，要留出一点让别人走；遇到可口的美味，要少吃三分让给别人品尝。这是立身处世的一个最快乐的方法。

评点

日月、雨露、江河施恩于万物，广造福祉，所以长存。据说仙人之所以快乐无忧，是他们修养有成，没有私欲，彼此关爱的缘故。本节一个『与』字，一个『让』字，或许可以把尘世变为仙境。

九、侠义①交友，素心做人

交友须带三分侠气，作人②要存一点素心③。

注释

①侠义：义气的侠者。

②作人：同『做人』。

③素心：纯洁的心、赤子之心。

译文

交朋友要怀有三分患难与共、拔刀相助的侠气，做人要存养一颗天真善良的赤子之心。

评点

历史上的豪侠融智、仁、勇三达德于一体，赢得了多少人的效法和赞叹！男儿当以侠义为重，而对个人的欲望则要节制，尽量浅淡，成就一颗素心。侠气与素心，后者才是根本，有素心自有侠气，所以真正的侠士多为隐者。如果忽略素心而只讲侠气，侠气就成了无源之水、无本之木，只能造成虚伪。

一〇、以退为进，以舍为得

处世①让一步为高，退步即进步的张本②；待人宽一分是福，利人实利己的根基。

注释

①处世：待人接物、应付世情。

②张本：前提、基础。

译文 为人处世以能够退让一步才算高明，因为让步就是日后的进一步的前提；待人接物能够宽容一分才算有福，因为利益别人实际上是日后利益自己的根基。

评点 真心地退让，却得到以退为进的结果；诚恳地利人，却得到曲线利己的结果，这就是老子所谓『后其身而身先，外其身而身存』。为什么会这样？因为人心都是一杆秤，而平衡是宇宙的根本法则，即因果规律。

一二、矜者失功，悔者消罪

盖世功劳，当不得一个『矜①』字；弥天②罪过，挡不住一个『悔③』字。

注释
①矜：自负、骄傲。
②弥天：满天、滔天之意。
③悔：羞愧、后悔。

译文 即使建立了盖世的功绩，也禁不住一个『矜』字，只要居功自傲，功绩就会被抵消；即使犯了滔天大罪，也挡不住一个『悔』字的灭除，只要忏悔，罪过就能赎回来。

评点 是非功罪只在一心，态度决定一切。一念骄矜能转功劳为负担，从而造成弥天大罪；一念惭愧也能转地狱为天堂、转娑婆为净土。所以有智慧的人在任何情况下，都只要看好自己的心，使它保持洁净如洗，空明如镜。

一二六、让名远害，引咎养德

完名美节，不宜独任，分些与人，可以远害全身①；辱行污名，不宜全推，引些归己，可以韬光②养德③。

注释

①远害全身：远离祸害保全性命。

②韬光：掩盖光泽，比喻掩饰自己的才华。

③养德：修养品德。

译文 完美的名誉和节操不应该一个人独占，必须分一些给旁人，才不会招致忌恨和祸端，这样才能保全自己；耻辱的行为和名声，不可以完全推到别人身上，要自己揽过来一些，这样既可以掩藏自己，又有利于修养品德。

评点 美名并非想拥有就能拥有，责任并非想推脱就推脱得了，不如美名与人共享，责任自己担当。让名可以远害，引咎便宜韬光，本身就是处世的良策。

一三、天道忌盈，功不求满

事事留个有余不尽的意思，便造物①不能忌我，鬼神不能损我。若业必求满，功必求盈者，不生内变，必召外忧②。

注释 ①造物：指创造天地万物的神，通称造物主。

②外忧：外来的攻击、忌恨。

译文 做任何事都要留余地，不要把事情做得太绝，这样即使是造物主也不会嫉妒我，神鬼也不会伤害我。假如一切事物都要求尽善尽美，一切功劳都希望登峰造极，即使不为此而发生内乱，也必然为此而招致外患。

评点 这段话具有告诫意义，万事不可能达到最好、最美，应当在追求中考虑到全面，成绩中保持清醒。《周易》所谓『天道忌盈，卦终未济』、『满招损，谦受益』，很值得玩味。

一四、责毋过严，教毋过高

攻①人之恶②毋③太严，要思其堪④受；教人之善毋过高，当使其可从。

注释 ①攻：指责。

②恶：指缺点、恶行。

③毋：不要。

④堪：能。

译文 责备别人的过错时，不可以太严厉，要考虑到对方能否承受；教诲别人行善时，不可以期望太高，要顾及对方能否做到。

评点 儒家在人际关系上最讲究恕道。恕就是推己及人，宽容处世。在教育问题上，你教导的善过高对方做不到，对缺点的批评太严，使对方接受不了，这就不是恕道，不但达不到预期的目的，还会引起畏难和抵触情绪。

一五、无过即功，无怨即德

处世不必邀①功，大公俱是功；与人②不求感德③，无怨便是德。

注释 ①邀：求、取。

②与人：布施财物给人，指帮助别人。

③感德：感激他人的恩德。

译文 人生在世，不必追求功劳，只要出于一体大公之心就是功劳；救助别人，不必希望对方感恩戴德，只要对方没有怨恨就是恩德。

评点 时时表彰自己的功绩，寄望别人感恩等等，都属于不明白什么叫功、什么叫德。所谓功德，指顺随人的本性为所当为，至于别人是否认为这是功德，是否感恩戴德，反而无足轻重。例如当年梁武帝修庙度僧，问达摩大师有何功德，达摩大师答实无功德。所以说『大公俱是功，无怨便是德』。

一六、忧勤毋过，为人毋枯

忧勤①是美德，太苦则无以适性怡情②；澹泊是高风③，太枯④则无以济人利物。

注释

①忧勤：绞尽脑汁用足体力去做事。

②适性怡情：使心情愉快，精神爽朗。

③高风：高尚的风骨或高风亮节。

④枯：枯燥乏味。

译文

尽心尽力去做事本来是一种美德，但是过于认真，以至心力交瘁，精神得不到调剂，就会丧失生活的乐趣；把功名利禄都看得淡是一种高尚的情操，但是过分清心寡欲，以至生活枯燥，对社会就不会有什么贡献了。

评点

勤劳本身是一种美德，但如同忧患一样，凡事都当有节制，过分劳碌而不知休养安乐，则反而会劳身害志，欲速则不达，凡此，都是不明白动静交养之理。至于与人交往，则贵在和气。不当用权势财富来压人自不必说，即便自家的文化道德远过于对方，也应该收其圭角，一团和气待人，使人如沐春风，不觉而自化。

一七、世路崎岖，须知退让

人情反复①，世路崎岖②。行不去处，须知退一步之法；行得去处，务加让三分之功。

注释

①反复：反复无常。

②崎岖：山路不平。

译文

人世冷暖，变化无常，人生道路崎岖不平。当遇到困难，无法前进时，要明白退一步的方法；当一帆风顺时，务必运用谦让三分的功夫。

评点

人情反复，以德处之则无碍；世路崎岖，以道通之则无阻。遇到阻力时，不要免强前进，应当反身修德，从自身找到问题根源；道路畅通时，不急于前进，而是礼让三分，不与人争。这样处处以道德为准，以退让为先，就无往而不通达了。

一八、不恶小人，礼待君子

待小人①不难于严②，而难于不恶③；待君子不难于恭，而难于有礼。

注释

①小人：泛指一般无知的人，此处含品行不端的坏人。

②严：庄重，以划清界限。

③不恶：不表示憎恶。

译文

对待品德不端的小人，抱严厉的态度并不难，难的是不表示憎恶；对待品德高尚的君子，做到尊敬并不难，难的是对他们真正有礼。

评点

这一节出自《周易·遁卦》讲：『君子以远小人，不恶而严』。

对小人不严，小人必定肆无忌惮，令众人心灰、君子受害；对小人过严而到了厌恶的程度，则不但使小人视君子为仇敌而反噬君子，那可以教化的小人也会失去洗心革面的机会。君子对待小人如医生治病，要攻治的是病而不是患者。病没了，患者就健康了；恶没了，小人也就成为君子了。

一九、立身要高，处世须让

立身①不高一步立，如尘里振衣②，泥中濯足③，如何超达④？处世不退一步处，如飞蛾投烛⑤，羝羊触藩⑥，如何安乐？

注释 ①立身：在社会上立足。

②尘里振衣：振衣是抖掉衣服上沾染的灰尘，故在灰尘中抖去尘土会越抖越多，喻做事没有成效，甚至相反。

③泥中濯足：在泥巴里洗脚，比喻作事白费力气。

④超达：超脱流俗，见解高明。

⑤飞蛾投烛：喻自取灭亡。飞蛾是一种喜欢近火的昆虫。因此又名『灯蛾』，飞蛾接近灯火，往往葬身火中。

⑥羝羊触藩：羝是公羊，藩是竹篱笆。公羊雄健鲁莽，喜欢用犄角顶撞，往往被卡住不能自拔。《易经·大壮篇》：『羝羊触藩，不能退，不能遂。』所以世人就用羝羊触藩来比喻进退两难。

译文 立身假如不站得高些，看得远些，就好像在飞尘里打扫衣服，在泥水里洗濯双脚，又如何能超凡绝俗出人头地呢？处世假如不留一些余地，就好比飞蛾扑火，公羊在顶撞篱笆时被卡住角，怎么能心安理得，心情愉快呢？

评点 立身清高必定会被小人所不解和讥笑，然而有志于道的人倘若连这一份不顾俗议的勇气都没有，那么修身成德的第一级台阶都踩不到，更谈不到以后的『超达』。孟子说：『人必有所不为，然后可以有为。』为此，君子处世退让，不是一味隐忍求全，而是修养功夫纯熟所致。对修养高的人来说，小人就像孩子一样，他们不是不能争、不敢争，而是不屑与小人争。

二〇、方圆处世，宽严待人

处治世①宜方②，处乱世③宜圆④，处叔季之世⑤当方圆并用；待善人宜宽，待恶人宜严，待庸众之人当宽严互存。

注释

①治世：政治清明，人民安居乐业的时代。

②方：指品行端正。

③乱世：治世的对称。

④圆：圆通，圆滑，随机应变。

⑤叔季之世：古时少长顺序按伯、仲、叔、季排列，叔季是兄弟中排行最后，比喻末世将乱的时代。《左传》：『政衰为叔世』，『将亡为季世』。

译文

生活在天下太平、政治清明的时代，待人接物应当刚正不阿，爱憎分明；处在政治黑暗、天下纷争的乱世，则应当圆融老练，随机应变；当国家行将衰亡的末世，又要刚正与圆融并用。对待善良的君子要宽厚，对待邪恶的小人要严厉，对待平民百姓要宽严互用。

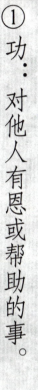

评点　太平盛世有明君贤相为政，能采纳善言表彰善行，所以一个人的言行即使刚直严正，也不会受到任何政治迫害。反之，假如是处于昏君奸臣当政的乱世，言行就必须尽量圆融，否则就有招致杀身之祸的危险。这里要注意的是，不论用方还是用圆，都是手段，其目的都是为了经世济民，而不是为了一己的安危得失，更不能为了外圆内方的金钱。

二二、忘怨忘过，念恩念功

我有功①于人不可念，而过②则不可不念；人有恩于我不可忘，而怨则不可不忘。

注释

①功：对他人有恩或帮助的事。

②过：对不住他人的言行。

译文　自己救助过别人的恩惠，不要常常挂在嘴上或记在心头，但是对不起别人的地方却不可不经常反省；别人曾经对我有过的恩惠不可以轻易忘怀，别人对不起我的地方则不可以不忘掉。

评点　不忘自己的功，忘掉自己的过，忘记别人的恩，不忘别人的怨，说透了小人情状。这四种过错病状不同，病根却都是一个『私』字作怪。君子之所以为君子，则在于反其道而行，不念自己的功而念自己的过，不忘别人的恩而忘别人的怨。

一二一、施毋求报，求者无功

施恩者，内不见己，外不见人，则斗粟①可当万钟②之报；利物者，计己之施，责人之报，虽百镒③难成一文之功。

注释

①斗粟：斗，量器的名，十升为一斗。粟，古时五谷的总称。

②万钟：形容数量多。钟，古时量器名。

③百镒：形容数量多。镒，古时重量名，二十四两为一镒。

译文

施恩惠给别人的人，内不见有施者，外不见有得者，这样即使是一斗米也可收到万钟的回报；用财物帮助别人的人，如果计较自己对人的施舍，而要求人家的报答，即使是付出一百镒，也难收到一文钱的回报。

评点

施恩而期望回报，就是一种投资行为；利人而锱铢必较，也是一种买卖行为。正如《聊斋》所谓『有心为善，虽善不赏；无心为恶，虽恶不罚』。仁慈的可贵处，正在于完全出自人类善良且高贵的本性，不须假借任何回报。

一二三、谦虚受益，满盈招损

欹器①以满覆，扑满②以空全，故君子宁居无不居有，宁处缺不处完。

注释

①欹器：欹，不正的意思。欹器是古代用来汲水的陶罐，因提绳位于罐体中部，所以一旦装满了水就会翻倒，当水满一半时能端正直立，当水空时就会倾斜。古时帝王把它放在座位左侧，作为规劝警惕的器具。

②扑满：用来存零钱用的陶罐，有入口无出口，满则打破取出。

译文

欹器因为装满了水才倾覆，扑满由于其中空无一物才得以保全。所以君子宁愿处于无也不居于有，宁可生活欠缺一些也不要过分完满。

评点

人们感慨山川之大时，却往往忽视脚下的大地。人们感慨海洋之广时，却往往忽视无际的天空。山川与海洋的确大，但如果没有天覆地载，则万物必定不能存在。人也是如此，必有而若无，实而若虚，与人为善而不能自已，才能成君子之大。

一二四、明恶恶大，显善善小

为恶而畏人知，恶中尤有善路①；为善而急人知，善处即是恶根②。

注释

①善路：向善学好的路。

②恶根：过失和根源。

译文　做了坏事而怕别人知道，这种人在恶性之中还保留一点改过向善的良知；做了一点善事就急着让人知道，证明他行善只是为了虚名，这种人在做善事时已经种下了恶果的种子。

评点　孟子说：『羞恶之心，人皆有之。』倘若能认识这种羞恶之心，则必定耻于为恶；倘若扩而充之，则进而耻于德行不如人，最终耻于不为圣贤。急于让人知道自己的善，是自私而狭隘的表现，如不早日克制，必定滋长虚荣好名之心，舍本逐末，华而不实，连自己原本具有的善也丢掉了。

一二五、多喜养福，去杀远祸

福不可微①，养喜神②以为召福之本而已；祸不可避，去杀机③以为远祸之方而已。

注释　①微：求或强求。

②喜神：喜气洋洋的精神状态。

③杀机：杀害他人的动机。

译文　福不可强求，以常保持愉快的心情为招福的根苗就是了；灾祸难以避免，以消除怨恨他人的念头为远离灾祸的良策就是了。

评点　现在人往往将『福』字看得俗了，以为有钱有权才是福，其实正如李白诗所说，『清风明月不用一钱买』，内心安乐才是大福报。现在人又常常把『祸』字看得重了，只要能避祸，几乎无所不用，殊不知无妄之灾是无法回避的，能问心无愧，不自招祸便好。

二六、宁默毋躁，宁拙毋巧

十语九中未必称奇，一语不中则愆尤①骈集②；十谋九成未必归功，一谋不成则訾议③从兴。君子所以宁默毋躁，宁拙无巧。

注释

①愆尤：指责，归咎。

②骈集：接连而至。

③訾议：有非议、责难的意思。

译文

即使十句话中能说对九句，也未必有人称赞，但是假如说错了一句，就会接连受到别人的指责；即使十次计谋有九次成功，也未必归功于你，可是只要其中有一次失败，埋怨和责难之声就会纷纷到来。所以君子宁肯沉默寡言也绝不冲动急躁，宁可显得笨拙也绝不自作聪明。

评点

十语九中，十谋九成，可以说聪明，却不可以说是大智。因为一语不中，一谋不成都会造成失败和损失，带来责难，这里提示遇事要多想，不莽撞。君子不以小害大，故而寡言守拙。

二七、杀气寒薄，和气福厚

天地之气①，暖则生，寒则杀。故性气②冷清③者，受享④亦凉薄⑤；唯和气热心之人，其福亦厚，其禄亦长。

注释

① 天地之气：指天地间气候的变化。

② 性气：性情气质。

③ 冷清：清高冷漠。

④ 受享：所受用和享有的福分。

⑤ 凉薄：微薄。

译文

大自然四季运转，春夏和暖万物就获得生长，秋冬寒冷万物就丧失生机。做人的道理也是这样，性情高傲冷漠的人，他所能得到的福分自然就淡薄；只有那些个性温和而又热情助人的人，他获得的福分不但丰厚，官位和俸禄也会久长。

评点

一个人热情和善，是禀气正大而旺盛的表现，这样的人理应福禄厚重绵长。反之亦然。民间常以『好人有好报』导人向善，看来是有道理的。不过这似乎不足以构成为善的充足理由：假如好人不一定有好报，坏人不一定有恶报，还要不要做好人？这里，唯有洞悉性与天道才能给出满意回答。

一二八、厚德载物，雅量容人

地之秽者多生物，水之清者常无鱼。故君子当存含垢纳污①之量，不可持好洁独行之操②。

注释 ①含垢纳污：本意是一切脏的东西都能容纳，此处是比喻气度宽宏而有容忍的雅量。

②好洁独行之操：喜欢高洁而独善其身的操行。

译文 一块堆满了腐草和粪便的土地，却是能生长许多植物的好土壤；一条清澈见底的河流，常常不会有鱼虾的繁殖。所以君子应该有容忍庸俗的气度和宽恕他人的雅量，绝不可以自命清高，特立独行。

评点 有含垢纳污之量的人很多，小人往往也沆瀣一气、互不见怪，然而，其中和而不同，心不被污垢污染的人才是君子；不坚持独行之操的人也很多，其中大部分是本无操守，而不是心存节操而不刻意显露的君子之道。

一二九、未雨绸缪，有备无患

闲中不放过，忙处有受用①；静中不落空②，动处有受用；暗中不欺隐，明处有受用。

注释 ①受用：享受，益处。

②落空：指心如木石，无知无觉，不能起用的现象。

译文 在闲暇的时候不轻易放过宝贵的时光，等到紧张忙碌时就会有受用不尽之感；在安闲的时候也不忘记充实自己的精神生活，等到工作的时候才会有受用不尽之感；在无人处能保持光明磊落的心怀，既不自欺也不隐藏，在众人面前才会有受用不尽之感。

评点 有志之人无论修德还是建功，都是含蓄存养时候多，显露光耀时候少。没有平时的锱铢积累，便没有千钧一发之际的卓越表现。很多人常常抱怨自己没有机会展露才能，却很少担心一朝机会到来时，自己有没有本事抓住；如果侥幸抓住了，有没有本事表现出色，岂非本末倒置？

三〇、多种功德，毋贪权位

平民肯种德①施惠，便是无位的公相②；士夫③徒贪权市宠④，竟成有爵的乞人。

注释 ①种德：行善积德。

②公相：公卿将相。

③士夫：士大夫的简称。

④贪权市宠：贪图权势，求得宠信。市是买卖。

译文 一个普通百姓肯多积功德广施恩惠，就像没有爵位的卿相一样受人景仰；一个达官贵人如果一味贪图权势，讨取宠爱，那就是一个带爵禄的乞丐了。

评点 《孟子》中的一段话是这一节的极佳注解。孟子说：『有天赐的爵位，有人授的爵位。仁义忠信，乐于行善而不倦，这是天赐的爵位；公卿大夫，这是人授的爵位。古人修养天赐的爵位，水到渠成地获得人授的爵位。现在的人修养天赐的爵位，其目的就在于得到人授的爵位；一旦得到人授的爵位，便抛弃了天赐的爵位。这可真是糊涂得很啊！最终连人授的爵位也必定会失去。』

三一、不怕小人，怕伪君子

君子而诈善①，无异小人之肆恶②；君子而改节③，不及小人之自新。

注释 ①诈善：虚伪的善行。

②肆恶：纵肆作恶。

③改节：改变志向和操守。

译文 伪善的君子，和恣意作恶的小人没什么区别；君子如果改变自己的志向和操守，远不如小人的痛改前非，重新做人。

评点 小人肆意作恶，可能是不明白道义所致，而君子的诈善，则是明明懂得道义却阳奉阴违，欺骗人天。君子失去志向节操，就是由善趋向恶，已经将自己开除于君子之列了；小人能够洗心革面，重新做人，就是由恶趋向善，日后就会成为君子。

三三一、操履不变，锋芒毋露

澹泊①之士，多为浓艳者②所疑；检饬③之人，多为放肆者所忌。君子处此，固不可稍变其操履④，亦不可露其锋芒⑤。

注释

①澹泊：恬淡寡欲，不重名利。

②浓艳者：热衷于权势名利的人。

③检饬：自我检点整饬。

④操履：操守。

⑤锋芒：比喻品行特点。

译文

嗜欲淡泊的人，往往遭受热衷名利之流的怀疑；谨言慎行的人，往往遭受邪恶放纵之辈的忌恨。君子在这种情况下，固然不可改变自己的操守和志向，但也绝对不可过分显露自己的高洁。

评点

为浓艳者所疑，君子也不会改变他的淡泊；为放肆者所忌，君子也不会放松对自己的检点和整饬。然而常人易流于肆无忌惮，君子则易于流于矜持太过。矜持太过，则小人望而生畏，进而惶惑嫉恨，这样就未免过犹不及了，所以《中庸》讲『君子之道，黯然而日彰』。

三三、克己复礼，天下归仁

此心常看得圆满，天下自无缺陷之世界；此心常放得宽平，天下自无险侧①之人情。

注释 ①险侧：邪恶不正。

译文 心中把万事万物都看得美好，天下也就没有缺陷了；宽大为怀，

心理总是处在平衡状态，也就体会不到人间的阴险和邪恶了。

评点 所谓心灵的『圆满』、『宽平』，不是自我麻醉，回避是非矛盾，而是心中通明义理，不为私意和欲望所动，应事接人，一片廓然大公。孔子说：『一日克己复礼，天下归仁焉。』世界虽有种种现实的缺陷，有德之人总是有办法处之，是的还它是，非的还它非，当行则行，当止则止，使万事万物各安其所，各得其宜。

三四、事留余地，后无殃悔

爽口①之味，皆烂肠腐骨之药，五分便无殃；快

心之事，悉败身丧德之媒，五分便无悔。

注释 ①爽口：可口、快口。

译文 可口的山珍海味，吃多了会伤害肠胃，等于是毒药害人，只吃五分就不会伤害身体；称心如意的事，也是引诱人走向身败名裂的媒介，保持在五分的限度上，就不至于懊悔。

评点 美味不可多得，多得则难于品出美食的滋味，是一种浪费。快乐不可以沉溺，沉溺则易流连忘返，丧失志向。将美味形容为『烂肠腐骨之药』、将快乐理解为『败身丧德之媒』，意在强调二者的副作用，读者不必因文害意。

三五、直躬人忌，无恶人毁

曲意①而使人喜，不若直躬②而使人忌；无善而致人誉，不若无恶而致人毁。

注释 ①曲意：曲折委婉的用意。
②直躬：在社会生活中立身正直。

译文 与其委屈自己的意愿去博取他人的欢心，不如以刚正不阿的言行而遭到小人的忌恨；没有善行而接受别人的赞美，还不如没有恶行劣迹却遭到别人的毁谤。

评点 立身行事，最忌讨好别人。投人所好可能在短时间内跟大家混得很熟，但日子久了，反而会被人轻视。以正直忠厚立身，在人群之中或许是个慢热的人，但日子久了，终究会赢得大家信任。『无善而致人誉』作为『曲意而使人喜』的对面，其可耻是明显的。与其这样，还不如无恶而致人毁，因为后者不失为对自己为善的一种鞭策。

三六、爱重成仇，薄极成喜

千金难结一时之欢，一饭竟致终身之感①，盖爱重反为仇，薄极反成喜也。

注释

① 一饭竟致终身之感：据《史记·淮阴侯列传》中记载，韩信穷困的时候，没有人瞧得起他，可有一漂母看他饿，就给他饭吃。韩信发达后，始终记得这一饭之恩。

译文

价值千金的重赏或恩惠，有时也难以换得一时的欢娱，一顿粗茶淡饭的微末帮助，却可能使人永存感激之心。这或许就是爱一个人到了极点时，很可能会翻脸成仇，给予平时极不在意的人一点帮助，却使对方非常感激的原因。

评点

施人恩惠，锦上添花不如雪中送炭。锦上添花的人多希冀别人回报，雪中送炭则完全是恻隐之心的显露。君子根据道义待人，虽然偶尔看似淡薄，却能矫正对方的不足，使人长进；小人根据利害待人，不是刻薄寡恩就是宠溺成习，都对人没有任何益处，所以有爱重为仇、薄极成喜的现象。

三七、藏巧于拙，寓清于浊

藏巧于拙，用晦而明，寓清于浊，以屈为伸，真涉世之一壶①，藏身之三窟②也。

注释

①一壶：壶是指匏，体轻能浮于水。《鹖冠子·学问篇》：『中流失船，一壶千金。』指平时并不值钱的东西，到紧要关头就成为救命的法宝。

②三窟：即通常都说成狡兔三窟，比喻安身救命之处很多。出自战国时代孟尝君的故事。《战国策·齐策》说：『狡兔有三窟，仅得免其死耳。今君有一窟，未得高枕而卧也，请为君复凿二窟。』

译文

把智巧隐藏在笨拙中，表面上愚笨而心内明了，把内心的清高隐藏在随顺世俗的行为当中，通达后退来求得前进的方法，这才是立身处世的法宝，明哲保身的狡兔三窟之道。

评点

这一节除了『寓清于浊』之外，小人是完全可以以之作为自己的权谋变诈之术的。只因为有了这个『清』，一切权变之法才只会用来保存自身而不为非作歹，所以不失为君子之术。小人则『寓浊于清』，一个『浊』字，加上『藏巧于拙、用晦不明、以屈为伸』三者，真可以说是无所不能了。

三八、毋攻人短，毋疾人顽

人之短处，要曲①为弥逢②，如暴而扬之③，是以短攻短；人有顽固④，要善为化诲，如忿而疾之，是以顽济⑤顽。

注释

①曲：婉转。

②弥缝：修补、掩饰。

③暴而扬之：揭发并加以宣扬。

④顽固：固执难化的毛病。

⑤济：救助。

译文

别人有缺点过失，要尽力婉转地为他掩饰、补足，假如加以揭发和传扬，就是用自己的短处来攻击别人的短处；发现别人固执难化的缺点，要善于启发引导，假如又生气又厌恶，就是用自己的愚顽去救助愚顽。

评点

所谓『曲为弥逢』，只是不张扬他人之恶，而不是帮人文过饰非，作一丘之貉。教育他人的最上策，是自己身体力行来感化人；

中策是通过恰当的言语诱导人；下策则是用愤怒来恐吓人。

三九、阴者毋交，傲者少言

遇沉沉①不语之士，且莫输心②；见悻悻③自好之人，应须防口。

注释

①沉沉：阴险冷酷。

②输心：推心置腹表示真情。

③悻悻：忿恨不平的样子。

译文

假如遇到一个表情阴沉，默默寡言的人，千万不要和他推心置腹；假如遇到一个自以为了不起，对什么都看不惯的人，就要尽量少和他说话。

评点

与人交际应当本于真诚，但真诚的同时也要心思缜密，不贸然直言。沉沉不语的人必定善于谋划，悻悻自好之人必定自我中心，两种人都很可能是自私的人，所以不宜在尚未深交的情况下就推心置腹。

四〇、莫疏于虑，毋伤于察

害人之心不可有，防人之心不可无，此戒疏于虑者；

宁受人之欺，毋逆①人之诈，此警伤于察②者。二语并存，精明不尽而浑厚矣。

注释

①逆：预先推测。

②察：过分明察。

译文

害人之心不可有，防人之心不可无，这是用来劝诫在与人交往时警惕性不够、思考不细的人的；宁可忍受他人的欺骗，却不事先臆测别人的骗局，这是劝诫那些警觉性过高、心思过于细密的人的。能把上面两句话同时运用，才是有用不尽的精明而又不失淳朴宽厚的人。

评点

不可无防人害己之心，又不可揣测他人欺骗自己，两者看似难以兼顾，其实中间还有一条正路可走，就是圣贤所说的『知几』。『知几』就是善于发现事物变化的苗头，一旦看到苗头就迅速判断、付诸行动，这样既可以防备受害，又可以不去逆测。譬如商朝时，箕子看见衣冠简朴的纣王忽然用了一双象牙筷子，就深知国家将亡，这就是『知几』，就是『精明不尽而浑厚』。

四一、亲善防谗，除恶守密

善人未能急亲①，不宜预扬②，恐来谗谮③之奸；恶人未能轻去，不宜先发，恐遭谋孽④之祸。

注释

①急亲：急切与之亲近。

②预扬：预先宣扬。

③谗谮：颠倒是非，恶意诽谤。

④谋孽：借故陷害人而酿成其罪。

译文

如果不能马上亲近一个有修养的人，不必事先宣扬他，以免引起坏人的嫉妒而在背后诬蔑和诽谤他；假如一个心地险恶的人不易摆脱，不要草率地打发他离开，恐怕遭受他借故陷害的灾祸。

评点

『善人未能急亲不宜预扬』，是欲速则不达之理；『恶人未能轻去不宜先发』，是欲达则不速之理。

四二、不夸妍洁，谁能丑辱

有妍①必有丑②为之对，我不夸妍，谁能丑我？有洁必有污为之仇，我不好洁，谁能污我？

注释

①妍：美。

②丑：当动词用，使丑的意思。

译文

有美好就有丑陋作对比，假如我不自夸美好，又有谁能丑化我呢？有洁净就有肮脏，假如我不喜好洁净，有谁能脏污我呢？

评点

美人迟暮之时，往往被人冷落，这是因为年轻时矜持太过；虎落平阳之时，往往被犬所欺，这是因为在山时凶暴太过。有德有才者难得，有德有才而不自显露者更难得。有而若无，众誉所归；恃才傲物，终必自辱。

四三、富多炎凉，亲多妒忌

炎凉之态，富贵更甚于贫贱；妒忌之心，骨肉尤狠于外人。此处若不当以冷肠①，御以平气，鲜不日坐烦恼障②中矣。

注释

①冷肠：冷静。

②烦恼障：又名惑障，即贪嗔痴等烦恼，能使众生流转于三界之生死，因而障碍涅槃之业，故名。

译文

世态炎凉的表现，富贵之家比贫穷人家更明显；妒忌的心理，骨肉至亲之间比陌生人更厉害。处于这种场合，不用冷静态度来应付，不用理智来使自己心态平和，那就很少有人不日坐愁城了。

评点

所谓『共患难易，同富贵难』，富贵之家，往往有为争权夺利而父子失和或兄弟阋墙的悲剧。以钱为人生目标，即便做了世界首富，恐怕也每天汲汲于如何把别人的钱弄进自家荷包；以权力为人生目标，则即便做了世界之王，恐怕也每天焦虑于如何把权力保持到自己入土。唯有以道德为志向，可以超然于金钱和权利之外，心安理得，自在度日。

四四、明恶祸深，阳善功小

恶忌阴①，善忌阳②。故恶之显者祸浅，而隐者祸深；善之显者功③小，而隐者功大。

注释 ①阴：在暗中。

②阳：在明处。

③功：功德，通常指功业和德行。

译文 坏事忌做暗中，好事忌做明面上。所以明面上的坏事灾祸小，而暗中的坏事灾祸大；明面上的善事功德小，暗中的善事功德大。

评点 恶本属阴，暗中而行，是阴中之阴，罪过所以更大；善本属阳，明处而行，是阳中之阳，功德所以要打折扣。所谓『隐者祸深』，是因为『明枪易躲，暗箭难防』；所谓『显者功小』，是因为『有心行善，虽善不赏』。

四五、警世救人，功德无量

士君子贫不能济物①者，遇人痴迷②处，出一言提醒之，遇人急难处，出一言解救之，亦是无量功德。

【注释】①济物：帮助人。

②痴迷：迷惑不清。

【译文】明理达义的人，即使家中贫寒，不能用财物来救助他人，可是当遇到别人痴心执著或迷惑不知所措时，能从旁边指点一下，使他有所领悟，或者遇到别人有急难事时，能从旁边说句公道话来解救他的急难，也是一种很大的善行。

【评点】救人之急有用财务的，有用谋略的，也有用道义的。用财务救人之急，有钱都能做到；用谋略救人之急，则须是智慧通达之人；用道义救人之急，使人在一语之下猛然顿悟，非真君子是做不到的。

四六、趋炎附势，人情之常

饥则附，饱则翱①；燠②则趋，寒则弃，人情通患也。

【注释】①翱：飞翔。

②燠：温暖。

【译文】穷困或饥饿时就投靠人家，吃饱了或富有了就远走高飞；人家富贵了就去巴结，贫困了就加以鄙弃，这是人际交往中普遍存在的毛病。

【评点】趋利避害、唯利是图只是动物的本能，而人则有道义之心，往往能见德思义，甚至舍生取义。君子也需要利益，小人也未必不认同道义，两者的区别何在？区分君子与小人很简单，须看其人将道义作为首选还是将利益摆在前面，先义后利便是君子，反之则是小人。

四七、冷眼观物，轻动刚肠

君子宜净拭冷眼①，慎勿轻动刚肠②。

注释

①冷眼：冷静的观察。

②刚肠：刚正而嫉恶如仇的性格。嵇康《绝交书》说：『刚肠嫉恶，轻肆直言，遇事便发。』

译文

君子不论遇到什么情况，都应擦亮眼睛，冷静地观察，切忌随便表现自己刚强耿直的性格，以免坏事。

评点

君子也会发怒，然而君子之怒与常人之怒不同。常人发怒时，往往事事不顺眼，别人有三分过错，他便要发出十分怒火，其中七分都是私怒，如此则易于把事情搞得不可收拾。君子则怒其所当怒，绝不会迁怒于人，别人三分过错，他便只有三分责备，这就是公怒。

四八、一念一行，都宜慎重

有一念犯鬼神之禁，一言而伤天地之和，一事而酿①子孙之祸者，最宜切戒②。

注释

①酿：本来指制酒，此处是造成的意思。

②切戒：深深地引以为戒。

译文

有因为一个念头而触犯鬼神的禁忌的，有因为一句话破坏了天地间的祥和之气的，有因为一件事而酿成后代子孙的灾祸的，所有这些都必须特别警惕地戒止。

评点

祸端有三类，一类是无妄之灾，譬如风雪、雷电等自然灾害；一类是一时不慎，譬如失言伤人、失足落水；一类是积恶败身，譬如因偷盗抢劫而锒铛入狱。第一类灾祸，或出于天命，人类干预不得；而后两类，则可以通过人力纠正。一时不慎之祸，唯有心思缜密、谨言慎行，使祸端找不到破绽。积恶败身之祸既由积而成，也应由当初不积恶而解，更应由后来积善而化，否则积重难返，就是咎由自取了。

四九、谨慎至微，恩施不报

谨德须谨于至微之事，施恩务施于不报之人①。

注释 ①不报之人：无力回报的人。

译文 谨言慎行必须从最小的地方做起，恩德一定要施予那些无法回报你的人。

评点 修德须切近体己用功，在言行举止上用力，小事上缜密而无间断，临危受命、路见不平时才能得力。『施恩务施于不报之人』不是说人有能力回报则不予施恩，而是说无力回报之人往往是最需要帮助的人，帮助他们也最能体现不图回报的仁爱心。

五〇、春风育物，朔雪杀生

念头宽厚的，如春风煦育①，万物遭之而生；念头忌刻的，如朔雪阴凝②，万物遭之而死。

注释 ①煦育：温暖化育。

②朔雪阴凝：北方的雪因阴冷而久积不化。

译文 宽厚的人，好比温暖的春风可以化育万物，能给一切具有生命的东西带来生机；胸襟狭隘刻薄的人，好比北方阴冷凝固的白雪，能给一切生命带来杀机。

评点 天道循环，一隆一杀。有日而无夜，则动物不得休息；有春而无秋，则植物不能收成。在人类生活中也不是只生养而不收敛，而是生养与收敛更得其理，所谓『仁主生、义主杀』。譬如为官，温柔过度或严苛过度都不好，将仁义之道运用得恰到好处，才能惩恶扬善。

五一、厚待故交，礼遇衰朽

遇故旧之交，意气要愈新；处隐微①之事，心迹宜愈显；待衰朽②之人，恩礼当愈隆。

注释

①隐微：隐私。

②衰朽：衰落老朽。

译文

遇到多年不见的老朋友，情意要特别真诚，气氛要特别热烈；处理隐秘的事情时，居心要特别坦诚，态度要特别明朗；服侍身体衰弱或运气已过的人，举止要特别殷勤，礼节要更加周到。

评点

《诗经》说『衣不如新，人不如故』。对待曾与自己分享生活的故旧，倘若冷淡处之，非但会伤害友人的感情，更是对当初的自己的遗忘和辜负，这是一种麻木不仁的心态。衰朽的人多半也是故旧，对他们只有更加礼遇，才能使他感到意外地温暖和安慰。至于处隐微之事，如果不明显心迹，会增加别人的怀疑和猜忌。

五二一、君子立德，小人图利

勤者，敏①于德义，而世人借勤以济其贫；俭者，淡于货利，而世人假俭以饰其吝。君子持身之符②，反为个人营私之具矣，惜哉！

注释

①敏：勤奋，努力。

②符：本指护符，此处指信条、法则。

译文

勤奋是努力地在品德和义理上下功夫，可是有的人却假借勤奋来消除自己的贫困；俭朴是把财货和利益看得淡泊，可是有的人却假借俭朴来掩饰自己的吝啬。勤奋和俭朴本来是有德君子立身处世的信条，不料反倒成了市井小人营利徇私的工具，真令人感到惋惜！

评点

君子小人的区别，在义与利孰先孰后而已。所谓『借勤以济其贫』，是指那些每天苟且钻营，且锱铢必较地赚钱的人，别人若指摘他们只问钱财不问义理，生活麻木而了无情趣，他们往往以『贫穷』二字为借口，以『勤劳』二字反驳。这种『勤劳』，昆虫鸟兽也有，并不是人生的全部和价值所在。『俭朴』二字也与此类似。

五三、律己宜严，待人宜宽

人之过误宜恕①，而在己则不可恕；己之困辱②宜忍，而在人则不可忍。

注释

①恕：宽恕、原谅。

②困辱：困穷、屈辱。

译文

对别人的过错应该多加宽恕，而对自己的过错却不可宽恕；自己受到困苦和屈辱应该尽量忍受，而对别人受到困苦和屈辱则要设法替他消解。

评点

人应当先学会『动心忍性』，然后才『增益其所不能』，这是为了充养其人的『义』；人又须有恻隐之心，见到别人的困顿和苦难，会感同身受，施以援手，这是充养其人的『仁』。立身涉世，不外『仁义』二字而已。

五四、慈悲之心，生生之机

为鼠常留饭，怜蛾不点灯，古人此等念头，是吾人一点生生之机①；无此，便所谓土木形骸②而已。

注释

①生生之机：万物繁衍不绝的枢机。

②土木形骸：土木，无灵魂之物。形骸，指人的躯体。

译文　为了不让老鼠饿死，经常留一点剩饭给它们吃；可怜飞蛾被烧死，夜里只好不点灯火。古人这种慈悲心肠，就是我们人类繁衍不息的生机；假如人类没有这一点相生不绝的生机，那人就变成一具没有灵魂的躯壳，和泥土树木相同罢了。

评点　『为鼠常留饭，怜蛾不点灯。』爱惜身边的小生命，渐次推及到天下国家，其仁爱也就广被天下了。但如今不乏爱惜家养猫狗如同子女，对他人的困苦却漠不关心的人。他们不是不仁，而是不能推广其仁，使爱心偏滞于一隅。

五五、因人感化，陶冶天下

遇欺诈之人，以诚心感动之；遇暴戾①之人，以和气熏蒸②之；遇倾邪私曲之人，以名义气节激励之：天下无不入我陶冶中矣。

注释　①暴戾：凶暴残忍。

②薰蒸：薰陶、感化的意思。

译文　遇到狡猾诈欺的人，要用赤诚之心来感动他；遇到性情狂暴乖戾的人，要用温和态度来感化他；遇到行为不正、自私自利的人，要用大义和气节来激励他。假如能做到这几点，那天下的人都会受到我的美德感化了。

评点

话虽分三段来说，须知不论教化何种人，都需要『诚心』『和气』『激励』三者。诚心所以能动人，和气所以化人，激励所以立人。无诚心则流于作伪、无和气则流于生硬、无激励则流于说教，这三种都是教育者应当注意的。

五六、庸德庸行，和平之基

阴谋、怪习，异行、奇能，俱是涉世祸胎①。只一个庸德庸行，便可以完混沌②而召和平。

注释

①祸胎：指招致祸患的根源。

②混沌：传说中盘古开天辟地之前天地模糊一团的状态，借以比喻形容蒙昧无知的样子。

译文

阴谋诡计，怪异的言行，奇怪的技能，都是招致灾乱的根源。只有那种平凡的德行和寻常的言行，才可以保持自然而带来和平。

评点

庸不是凡庸的意思，古人说：『庸者，天下之定理也』。道理直上直下，平平正正，没有丝毫的矫揉造作，人能行道，则也是如此。小人则不然，为名利而猎奇哗众，无所不至。然而这种手段虽能欺人，终究是难以自欺。孔子说：『寻找隐僻的事物、做怪异的举动，这样的人，后世也会记住他的名字，但我不会这么做。』

五七、勿仇小人，勿媚君子

休与小人仇雠①，小人自有对头；休向君子谄媚②，君子原无私惠。

注释

①仇雠：仇人。

②谄媚：用不正当言行博取他人欢心。

译文

不要跟品德恶劣低下的小人结仇，因为小人自然有人和他为敌；不要向品德高尚的君子献殷勤，因为君子不会为了私情私下给人以恩惠。

评点

不与小人一般见识，不是畏惧小人或嫌麻烦，而是修养到位，思维拉开了距离。君子有公心，所以无私惠，向君子献媚，就是『以小人之心度君子之腹』了。

五八、金须百炼，矢不轻发

磨砺当如百炼之金，急就者非邃养①；施为宜似千钧②之弩③，轻发者无宏功。

注释

①邃养：高深修养。

②钧：三十斤是一钧。

③弩：用特殊装置来发射的大弓。

译文 磨砺身心要像炼钢一般反复陶冶，急着于成功的人不会有高深修养；做事应像拉开千钧的大弓一般，假如轻易发射就不会收到好的效果。

评点 不论道德、本领、技艺等等，要想登峰造极，必须经过长久的磨练，而且这个磨练往往又是非常枯燥的基本功，譬如歌唱家练习最多的是音阶、武术家练习最多的是马步，需要用的时候，出彩的虽不是音阶与马步，但使之出彩的却无非音阶与马步。这就是孔子所谓的『下学而上达』。

五九、斥小人媚，愿君子责

宁为小人所诋毁，毋为小人所媚悦①；宁为君子所责备，毋为君子所包容。

注释 ①媚悦：本指女性以美色取悦于人，此指用不正当行为博取他人欢心。

译文 宁可被小人猜忌毁谤，也不要被小人的甜言蜜语迷惑；宁可被君子所责难，也不要被君子所包容。

评点 人都不喜欢被毁谤，但被小人毁谤，很多时候是一种值得骄傲的事；人都喜欢被包容，但被君子包容了，则宜于反省自己的过失。与君子为善，则必被小人毁谤；与小人为伍，则必为君子责备。如果有人试图跟所有人搞好关系，这只能说明他是个不真诚的乡愿、老好人，而且是把人际关系当成利益关系来经营的。

六〇、好利害显，好名害隐

好利者逸出①于道义之外，其害显而浅；好名者窜入②于道义之中，其害隐而深。

注释

①逸出：超出。

②窜入：混入。

译文

好利的人，所作所为不择手段，越出道义范围之外，其祸害很明显，也容易防范；好名的人，经常假冒仁义道德而沽名钓誉，其后患难以发现，但很严重。

评点

好利者的作为容易识别，所以为害浅。好名者往往刻意地做出一些近理而非的举动，譬如探求隐微的道理，行怪诞之事，以极端的行为标榜节义等欺世盗名的做法。这种行为虽然是常人所不能及，但仍是一种不诚恳的造作，仍是为目的而行事，而不是单纯出于本性。

六一、忘恩报怨，刻薄之尤

受人之恩虽深不报，怨则浅亦报之；闻人之恶虽隐不疑①，善则显亦疑之。此刻之极、薄之尤②也，宜切戒之。

注释 ①虽隐不疑：对阳善阴恶的坏事也深信不疑。

②尤：过分。

译文 受人的恩惠即使很多很大也不设法报答，但是只要有一点点怨恨就千方百计报复；听到人家的坏事，即使很隐约也深信不疑，而对人家再明显的好事也不肯相信。这种人可以说刻薄到了极点，应该严格戒绝。

评点 以自己为主角，以他人为自家配角，所以受人恩惠而不屑报，稍微吃亏却睚眦必报，自私小人的情状往往如此。这种人往往又以聪明睿智自居，不信他人之善，是以为他人皆不如自己善良；不疑他人之恶，是自信别人也必定有自家之恶。

六二、谗言自明，媚阿侵肌

谗夫毁士如寸云蔽日，不久自明；媚子阿人①似隙风②侵肌，不觉其损。

注释 ①媚子阿人：媚子是善长逢迎阿谀的人，阿人是谄媚取巧曲意附和的人。

②隙风：墙壁和门窗的小孔吹进的风，易使人得病。

译文 小人用恶言毁谤或诬陷他人，就像一点点浮云遮住的太阳一般，只要风一吹就会重现光明；甜言蜜语、阿谀奉承的小人，就像从门缝中吹进的邪风，最容易侵害肌肤，使人在不知不觉中受到伤害。

评点 人能行道义而不畏毁谤难得，这是因为有勇气；能不被谄媚侵蚀则更难得，这里除了勇气，还有一份明智。

六三、圆通立功，执拗偾事

建功立业者，多虚圆①之士；偾事②失机者，必执拗之人。

注释 ①虚圆：虚灵圆通。

②偾事：败事。

译文 能够建大功立大业的人，大多数是能灵活应变的人；败坏事情的人，必然是那些性格固执倔强、不肯接受他人意见的人。

评点 所谓虚圆，不是处事圆滑世故，随机应变，而是机动灵活，做事缜密圆满，这需要博学与理性做为根基。执拗之人往往是被情绪控制而不明义理，所以临事必不能虚灵圆通，无法冷静地判断和抉择，以至于坐失良机。

六四、处世要道，不即不离①

处世不宜与俗②同，亦不宜与俗异；作事不宜令人厌，亦不宜令人喜。

注释

①不即不离：既不太接近，也不太远离。

②俗：指一般人。

译文

处世既不能流于庸俗，以至与坏事同流合污，也不要标新立异，故意与众人不同；行事既不可以处处惹人讨厌，也不可以有意讨别人的欢心。

评点

志于成德，所以不能与俗人处处无差别；因为要教化俗人，所以不能断绝与俗人的往来。君子成人之美，所以不令人厌恶；其善意虽往往被人误解，但君子仍直道而行，不求人人认同。君子有令人欢喜的本钱，却没有讨人喜欢的行为。

六五、过俭则吝，过让则卑

俭，美德也，过则为悭吝①，为鄙啬②，反伤雅道③；

让，懿行④也，过则为足恭⑤，为曲谨⑥，多出机心。

注释

① 悭吝：吝啬难舍。

② 鄙啬：斤斤计较。

③ 雅道：即正道，此处指与朋友交往之道。《荀子·荣辱篇》：『君子安雅。』集解：『雅，正也，正而有美德者谓之雅。』

④ 懿行：美好的行为。

⑤ 足恭：过分恭维来取悦于人。

⑥ 曲谨：指把谨慎细心专用在微小地方，有假装谦恭的意思。

译文

节俭朴素本来是一种美德，然而过分节俭，就是小气，就会变成为富不仁的守财奴，反而有害于正道；谦让本来也是一种美德，可是过分谦让，就会卑躬屈膝，委曲拘谨，这种做法多半出于巧诈的心机。

评点

悭吝就是悭吝，即便恰到好处的悭吝也不是简朴；曲谨就是曲谨，即便恰到好处的曲谨也不是礼让。简朴的人在需要的时候可以一掷千金而面不改色，礼让的人在合乎道义的情况下接受天下也心安理得。悭吝之人好利，曲谨之人好名，而简朴与礼让者则不然，这是本质的不同。

六六、喜忧安危，勿介于心

毋忧拂意①，毋喜快心②，毋恃久安，毋惮③初难。

注释 ①拂意：违背心愿。

②快心：因称心而感到快乐。

③惮：畏惧。

译文 不要为事情不如意而发愁，不要为称心的事而过于高兴，不要由于长久的安泰而觉得有所仗恃，不要由于事业开始时困难而畏缩不前。

评点 人生如潮汐般起起落落，这是一种必然。所以与其畏惧挫折与失意，不如畏惧不懂如何面对挫折与失意。希望一朝成功而永享其成，这是无视自然规律。唯有与时俱进，自强不息，才有可能驾驭命运。

六七、量宽福厚，器小禄薄

仁人心地宽舒，便福厚而庆长，事事成个宽舒气象；鄙夫①念头迫促，便禄薄而泽短，事事得个迫促规模。

注释 ①鄙夫：令人看不起的人。

译文 心地仁慈博爱，就能享受厚福并保持长久，事事都有个宽宏的气象；心胸狭窄的人，由于目光短浅，局促不安，所得到的利禄菲薄而短暂，事事都只落得局促不安的局面。

评点 即『心地宽舒』便是『福厚庆长』；即『念头迫促』便是『禄薄泽短』。当下即是，而又体现在事事的气象规模上，真是天壤之别。

六八、急处站稳，险地回首

风斜雨急处①，要立得脚定；花浓柳艳处②，要著得眼高；路危径险处，要回得头早。

注释 ①风斜雨急处：此比喻发生动乱等重大变故的地方。

②花浓柳艳处：比喻追逐欲望的地方。古代文人常用花和柳来比喻女人的美貌和风姿。

译文 在风斜雨急般的变故中，要立定自己的脚跟；在色姿艳丽处，要从高远处着眼；路径危险的时候，要能够及早回头。

评点 人身处『风斜雨急处』，须是『贫贱不能移』；身处『花浓柳艳处』，须是『富贵不能淫』；身处『路危径险处』，则须扪心自问，走这条险路是否合乎道义？倘若不合道义，必当及早回头；倘若合乎道义，则须理直气壮，『威武不能屈』。

注释

①大人：指圣人或有官位的人。

译文

对有高深道德修养的人不可不敬畏，因为敬畏有道德有名望的人就不会有放逸的想法；对于平民百姓也不可不敬畏，因为敬畏平民百姓就不会有豪强蛮横的恶名。

评点

为求心灵不放逸而敬畏大人，为求不被恶名而敬畏百姓，这两行为只能说是及格，作为修养的一个阶段是可以的，但还远远不是君子之存心。修养到君子地位，自然胸怀洒落，率性而为，与道冥合，不消种种夹持便心不放逸、爱育百姓。

七一、勿逞己长，勿恃所有

天贤一人以诲①众人之愚，而世反逞所长以形②人之短；天富一人以济人之困，而世反挟所有以凌人之贫。真天之戮民③哉！

注释

①诲：教导。

②形：比较。

③戮民：罪人。

译文

上天让一个人聪明睿智，是为了教导愚钝的人，可是世人反而喜欢卖弄自己的才华，来反衬那些天资不如自己的人；上天让一个人有财富，目的是救助贫苦的人，可是世上一些拥有财富的人，却仗侍自己的财富来欺凌穷人。这种人真是违背天意的罪人啊！

评点

《孟子》说：『天之生此民也，使先知觉后知，使先觉觉后觉也。』天下的道理和知识都是公共的，有幸拥有它们，却把它们当成自家的私物，非但阻止它们的流布，更引以自高，这就是小人之心了。财富也是一样，『视钱财如粪土』大可不必。如果有余财，就应当把它用到公益事业上。君子以聚敛财富为耻辱，小人以聚敛财富为成功。

七二、忧喜取舍，形气①用事

人情听莺啼则喜，闻蛙鸣则厌；见花则思培之，遇草则欲去之，但以形气用事。若以性天②视之，何者非自鸣其天机，非自畅其生意③也。

注释

①形气：身体和气质。

②性天：天性。

③生意：生机。

译文

按一般人的常情来说，听到黄莺婉转的叫声就喜悦，听到青蛙呱呱的叫声就讨厌；看到美丽的花卉就想栽培，看到杂乱的野草就想铲除。

这完全是根据自己喜怒好恶来看待事物。假如按照生物的天性来说，莺啼蛙鸣都是在抒发它们自己的情绪，花开草长何尝不是在展现蓬勃的生机呢？

评点

万物有善恶美丑，是因为受气有偏正薄厚之分；虽然如此，万物却都是从一个本源上生化出来的。物必先得其正气，然后有美，然后能健，所以自家庭院，不妨种花除草；自家身体，也理当扶正祛邪。所患在只认一个『正』，而不知道万事万物之偏也是一种自然——譬如见到山谷上的野草也要拔出而后快，须知没有这许多偏处，世界也不足以成为世界了。

七三、自适其性，宜若平民

峨冠大带①之士，一旦睹轻蓑小笠②，飘飘然逸也，未必不动其咨嗟③；长筵广席④之豪，一旦遇疏帘净几，悠悠焉静也，未必不增其绻恋。人奈何驱以火牛⑤，诱以风马⑥，而不思自适其性哉！

注释

①峨冠大带：古代高官所穿朝服。峨是高，冠是帽，大带是宽幅之带。

②轻蓑小笠：比喻平民百姓的衣着。蓑，用草或蓑叶编制的雨衣。笠，用竹皮或竹叶编成，用来遮日或遮雨的用具。

③咨嗟：赞叹，感叹。

④长筵广席：形容宴客场面的奢华。

⑤火牛：此处比作放纵欲望追逐富贵。典出《史记·田单列传》说：『单收城中牛千余，被五采龙文，角束兵刃，尾束灌脂薪刍。夜半凿城数十穴，驱牛出城，壮士五千余随牛后，而焚其尾。牛被痛，直冲燕军，燕军大溃。』

⑥风马：发情的马，此处比喻欲望。

译文

峨冠大带的达官贵人，一看到身穿蓑衣斗笠的平民，就会觉得对方飘飘然，一派安逸的样子，难免发出羡慕的感叹；生活奢侈、广宴宾客的豪门显贵，一置身于自然淳朴、窗明几净的环境中，就会产生清新宁静，悠然自适的感觉，难免产生留恋不忍离去的情怀。高官厚禄与富贵荣华既然不足贵，世人为什么还要枉费心机，追逐富贵，却不设法过那种悠然自得的生活呢？

评点

孔子说：『君子在他当下的地位去做事，不羡慕他身份以外的事。平素富贵，就做富贵人该做的事；平素贫贱，做贫贱者该做的事；身为夷狄，就做夷狄该做的事；蒙受灾难，就做患难中该做的事。君子无论在什么情况下，都没有不安，怡然自得』。由此可见，与其富贵者与贫贱者相互羡慕，不如各安其素，各行其道。做好自己职分所当为的事便能心安，不一定要去山中竹林过简朴生活才宁静。

七四、机神触事，应物而发

万籁寂寥①中，忽闻一鸟弄声，唤起许多幽趣；万卉②摧肃后，忽持一枝擢秀，便触动无限生机。可见性天未常枯槁，机神最易触发。

注释

①寂寥：安静。

②卉：草的总名。

译文

大自然归于寂静时，忽然听到一阵悦耳的鸟鸣声，就会唤起阵阵幽趣；深秋季节，所有花草都凋谢枯黄后，忽然看见其中有一棵花傲然挺立，就会感到无限生机。可见人的本性并没有枯槁过，生命活力一遇机会就会显发出来。

评点

人性本善，人人都有良知。君子小人的区别在于，君子的良知时时发现，能推广扩充；小人虽然良知不泯，却每每自行用欲望压制它，一有苗头就自行掐灭，而不能充养发用。所谓鸟鸣能唤起幽趣、见花能感发生机，就是孟子所谓的『恻隐之心』。

七五、非分收获，陷溺根源

非分之福，无故之获，非造物①之钓饵即人世之机阱。此处着眼不高，鲜不堕彼术②中矣。

注释

①造物：即造物主。

②术：计谋。

译文

不属于自己分内应享受的福，无缘无故得到意外之财，即使不是上天故意来诱惑你的钓饵，也必然是人间歹徒来诈骗你的机关陷阱。为人处世如不在这些地方睁大眼睛，是很难逃过坏人的圈套的。

评点

如何着眼高？此处已经容不得机巧权谋，须是有孟子所谓『可取可不取，取伤廉』、董仲舒所谓『正其义不谋其利，明其道不计其功』的见地方可。

七六、满腔和气，随地春风

天运①之寒暑易避，人世之炎凉难除；人世之炎凉易除，积心之冰炭②难去。去得此中之冰炭，则满腔皆和气，自随地有春风③矣。

注释

①天运：指大自然时序的运转。

②冰炭：互不相容的思想或情绪。

③春风：融和的气氛。

【译文】大自然的寒冬和炎夏容易躲避，人世间的炎凉冷暖却难以消除；人世间的炎凉冷暖即使容易消除，积存在我们内心的恩仇怨恨却不易排除。假如有人能消除积在心中的恩怨，祥和之气就会充满胸怀，如此也就到处都充满生机了。

【评点】做人到极致，须是胸怀洒落，全无芥蒂。心中有冰炭交战，则终究是私意尚存，不能一例以廓然大公之心裁处；心无私意，则上与天地合其德，与日月合其明，天地的生生之气就是我胸中的春风起处。

七七、弄权一时，凄凉万古

栖守道德者，寂寞一时；依阿①权势者，凄凉万古。达人②观物外之物③，思身后之身④，宁受一时之寂寞，毋取万古之凄凉。

【注释】①依阿：缺乏独立人格，凡事附从他人意见。阿与依同义，依附、迎合。

②达人：通达的人。

③物外之物：世事以外的东西。

④身后之身：指灵魂。

译文

恪守道德节操的人，只不过会遭受一时的冷落，而那些依附权势的人，却会遭受千年万载的唾弃与凄凉。胸襟开阔且通达事理的人，重视物质以外的精神价值，顾及到死后的灵魂，所以宁愿承受一时的寂寞，也不愿遭受永久的凄凉。

评点

不论是贤者还是庸众，都不愿意寂寞度日、默默无闻。贤者每每不为当世所容，恐怕被历史所误解的也不乏其人。然而，贤者为什么不放下节操，或换取当世之荣、博得万古之名呢？见其大者而忘其小者罢了。贤者所享受的是使其内心澄明、俯仰无愧的道义，荣华与美名则在其次。所以，当熊掌与鱼不可得兼时，贤者舍鱼而取熊掌而已。

七八、淡中知味，常里识英

醲肥①辛甘非真味②，真味只是淡；神奇③卓异④非至人⑤，至人只是常。

注释

①醲肥：醲，指美酒；肥，指肉类。

②真味：美妙可口的味道，喻人的自然本性。

③神奇：指才能智慧超越常人。

④卓异：卓越不凡的人。

⑤至人：修养到完美境界的人。

译文 美酒佳肴并不是真正的美味，真正的美味只能从淡中体会；才智卓越、超凡绝俗的人还不算修养到极致的人，修养到极致的人只能从平凡中体会。

评点 人中的龙虎，其人不是没有奇特处，而是平中见奇，越交往就越令人畏服。为什么会这样呢？这是功夫深浅有别，譬如练武的人举手投足都带着功夫架子，读书的人言必称『子曰诗云』，这都是本事没到家，大而未化，尚有痕迹在。

七九、静中观心，真妄毕见

夜深人静独坐观心①，始觉妄穷而真独露②，每于此中得大机趣；既觉真现而妄难逃，又于此中得大惭忸③。

注释 ①观心：佛家语，指观察自己的心以求明心见性。此处当自我反省解。

②妄穷而真独露：完全摆脱妄见而达到的涅槃境界。妄，妄见。真，真境。

③大惭忸：非常羞愧。

译文 夜深人静、万籁俱寂时，独坐省察内心，才觉得自己的妄念完全消失，唯一的真心得以流露，往往从中体会到无比的机用和趣味。然而已经发现了真心，却又难以躲避妄念，于是又会感到极度的羞愧。

评点 譬如一杯水，扰动不已则终究浑浊，须是让它静静地放着，然后才能澄清。心也是如此，澄清心灵，莫过于静坐。静坐的好处极多，如可以养气，可以宁神，而最大的好处在于可以清晰地洞察自己念头起落，体会自家微细的念头。能见到自己的心，才能扬其善、耻其过，这是修身的基本功夫。

八〇、澹泊明志，肥甘丧节

藜口苋肠①者，多冰清玉洁②；衮衣玉食③者，

甘婢膝奴颜④。盖志以澹泊明，而节从肥甘⑤丧也。

注释 ①藜口苋肠：指平民百姓。藜，藜科一年生草本植物，嫩苗可蒸煮吃。苋，属苋科一年生草本植物，茎叶可食。藜苋为贱菜，百姓所食用。

②冰清玉洁：形容人的品德像冰一样清明透澈，像玉一样纯洁无瑕。

③衮衣玉食：华衣美食，代指权贵。衮衣是古代帝王所穿的龙服，此处比喻华服。玉食是形容山珍海味等美食。

④婢膝奴颜：没有自由和独立人格的人，后比喻没有骨气的人。

⑤肥甘：美味，喻物质享受。

译文 能吃粗茶淡饭的人，他们的操守多半像冰玉般纯洁；而讲求华美、饮食奢侈的人，多半甘愿卑躬屈膝。因为人的志向在清心寡欲的状态下才能表现出来，而节操则会因为贪图物质享受而丧失殆尽。

评点　这一节意思，不外『咬得菜根则百事可做』。少年时能刻苦立志者，功成名就后反而往往丧志，这恐怕是因为所谓的『由俭入奢易，由奢入俭难』。须知醇酒妇人、声色犬马对人的消磨比痛苦更甚。痛苦虽难忍，却尚且能激发人的斗志；声色虽令人受用，却能不知不觉把人的志气与节操腐蚀了。

八一、德在人先，利居人后

宠利①毋居人前，德业②毋落人后；受享毋逾分外，修为③毋减分④中。

注释　①宠利：荣誉、金钱和财富。

②德业：德行和事业。

③修为：指品德修养。

④分：本分。

译文　功名利禄不要抢在他人前头，进德修业不要落在他人后头，物质生活享受不要超过允许的范围，修养品德不要愧对自己分内所应达到的标准。

评点 『死生有命，富贵在天。』天下不乏极度爱养身体却短命早死的人，也不乏汲汲于富贵终身不得志的人，人力在命运面前，往往显得不那么重要。完全能由自己来把握的，唯有个人德行。孔门高足颜回短命而贫贱，这在一般人看来是极为不幸的人生，而他却在自己能用力的德行方面深造不已，几乎达到了圣人的境界，因而被天下后世传颂。

八二、动静合宜，道之真体

好动者云电风灯①，嗜寂者②死灰槁木③；须定云止水④中，有鸢飞鱼跃⑤气象，才是有道心体⑥。

注释

①云电风灯：形容短暂而不稳定。云、电、风、灯都是飘忽不定的事物。

②嗜寂者：偏好寂静的人。

③死灰槁木：比喻丧失生机。

④定云止水：比喻极为宁静的心境。定云是停在一处不动的云，止水是停在一处不流的水。

⑤鸢飞鱼跃：比喻极活泼的动态。鸢，鹰类。

⑥心体：人的本性，又叫真心。

译文

好动的人像乌云下的闪电、一盏风中的灯火，喜欢清静的人宛如完全熄火的灰和枯朽的树木。过分的变幻和过分的清静是两个极端，不合乎理想的人生观，只有如同缓缓浮动的彩云下出现鸱鹰飞舞，平静的水面上跳跃着鱼儿的景观，才算是达到了理想境界，才像得道者的心境。

评点

好静和好动是两个极端，都在相对中。有道的心体虽然应物起念，但本身不会随外物而动。这种静不是相对于动的静，而是同时包含相对的动静的东西，因而是绝对的。这就是《礼记》所说的『人生而静』、宋儒所说的『无欲故静』。

八三、降伏客气，消杀妄心

矜高倨傲①，无非客气②，降服得客气下，而后正气伸；情欲意识，尽属妄心③，消杀得妄心尽，而后真心④现。

注释

①矜高倨傲：自夸自大叫矜高，态度傲慢叫倨傲。

②客气：一时的意气，偏激的情绪。

③妄心：指执着于幻象的心念。

④真心：心体，即天命之性、佛性。

译文

骄矜高傲无非是由于受一时意气、偏激情绪的影响，只要能消除它们，正大阳刚之气才会得到伸张。一切情欲和思想都属于妄心而致，只要能消除这种妄心，纯真的本性就会显现出来。

评点

不是东风压倒西风，就是西风压倒东风。客气不消，正气就不伸；正气不伸，客气也不消。妄心与真心亦然。但物有本末，事有终始，要知道真心是体，妄心是不妙之用，正气是心体本来之气，而客气则出于私意，虚浮无根。知此，才能从根本上致胜，而不只在相对中打转。

八四、志在林泉，胸怀廊庙

居轩冕①之中，不可无山林②的气味；处林泉之下，须要怀廊庙③的经纶④。

注释

①轩冕：代指高官。古时大夫以上的官吏，出门时都要穿礼服，坐马车。马车就是轩，礼服就是冕。

②山林：山野林泉，指隐居的地方。

③廊庙：朝廷。

④经纶：筹划国家大事。

译文

身居高官显位上，不可以不保持山林隐居者淡泊名利的情趣；

隐居在田园山林之中，要有胸怀天下，治理好国家的壮志和蓝图。

评点 有山林的气味则能廉洁，有廊庙的经纶则能成事功。进退出处，皆有余裕，这是士人与枯槁山林之人、醉心仕途之人的区别。

八五、富多施舍，智不炫耀

富贵家宜宽厚而反忌刻①，是富贵而贫贱其行矣，如何能享？聪明人宜敛藏②而反炫耀，是聪明而愚懵③其病矣，如何不败？

注释

①忌刻：忌是猜忌或嫉妒，刻是刻薄寡恩。

②敛藏：收敛深藏而不露。

③懵：一时的心乱迷糊，无知。

译文 富贵家庭在待人接物上应该宽容仁厚，可是很多人反而刻薄无情，这是虽然属于富贵之家，却实行贫贱人家的做法，怎么能长久享受富贵？聪明人本来应该谦虚有礼，不露锋芒，可是很多人反而夸耀自己的本领，这是聪明人去做无知者的事情，怎么能不遭受挫败呢？

评点 心量小而占有财富与智慧，如同孩子得到了真刀真枪当玩具，孩子自然是兴高采烈，毫不忧虑，然而非但不能驾驭二者，反倒容易被其所伤。